集英社オレンジ文庫

書店男子と猫店主の平穏なる余暇

ひずき優

Daydreams
in the Marmalade
Bookstore

【 登 場 人 物 紹 介 】

坂下賢人《さかしたけんと》

駆け出しの絵本作家。先輩である馨に誘われ、元はカフェだった『ママレード書店』でアルバイト中。

篠宮《しのみや》 馨《かおる》

『ママレード書店』のオーナー。家柄、才能、美貌と三拍子そろっているが、小説の執筆能力は人並み以下。

ミカン

『ママレード書店』の店主。馨の曾祖父がカフェを経営していた頃から店にいる。実は『獏』。

篠宮美紅《しのみやみく》

馨の親戚。雑誌の読者モデルをしている女子大生。賢人のことを気に入っている。

モデル：坂口健太郎
撮影：堀内　亮（Ｃａｂｒａｗ）
スタイリスト：山田祐子
ヘアメイク：池上　豪
衣装協力：ブリンク・ベース

うたかたの時

Daydreams
in the Marmalade
Bookstore

「ほら、あれあれ。あれを探してるのよ、昨日のテレビに出てた本！」

「――はぁ、……」

買い物袋を手にした年配の女性客の言葉に、賢人《けんと》はレジカウンターの内側で神妙にうなずいた。メモ用紙とボールペンを手に、さらなる情報を引き出しにかかる。

「内容はどういったものでしょうか？」

「まだ読んでないから知らないわ」

「いえ、ジャンルなどがわかれば――」

「小説よ。おもしろそうだなーって思ったのは覚えてるんだけど……」

残念ながらタイトルも、著者も、出版社も記憶にないと。

それでも女性客は期待を込めて見つめてくる。書店員なら見つけて当然という信頼を湛《たた》えた目で。

賢人はボールペンでこめかみをかいた。噂《うわさ》に聞いてはいたが、お客さんの問い合わせには難儀なものが多い。

「本を紹介していた番組名はわかりますか？　あるいは何時頃に、どのテレビ局で放映されたとか……」

「見たのはお昼だけど……チャンネルはどこだったかしらね……？　民放なんだけど……」

「はぁ、少々お待ちください」

得た情報をもとに、カウンターに横向きに置かれているパソコンでネットのテレビ欄《らん》を確認する。しかしお昼の時間帯に、書籍を紹介したとわかる番組の案内はなかった。そのかわり午後三時からのカルチャー番組の欄に、新たに創設された文芸賞の初受賞作品を紹介、と書かれている。

「この番組ですかね？」

「……そうかもしれないけど……、どうだったかしらねー……？」

はなはだ心もとない反応だが、いちおうテレビ局に電話し、番組で取り上げた作品の詳細を問い合わせる。

その間、女性客はレジ脇のクッションの上で身を丸める猫に気づいたようだ。

「かーわいい猫ちゃん。あらぁ、ネクタイつけてるの？　オシャレなのね～」

女性客が文字通りの猫なで声で言い、もふもふとした鋼《はがね》色の毛並みに触れる。プライドの高い猫店主が迷惑そうな反応を示す前にと、賢人はテレビ局から教えられた小説について、パソコンで手早く検索した。

「この本じゃありませんか？」

出版社による書籍案内を表示したものの、液晶画面をのぞきこんだ相手は微妙な顔をする。

「――うぅん。ちがうわね。もっと……そう！　漢字の多いタイトルだったような気がするわ！」

思い出した、とばかりに女性客は顔を輝かせるが、実質的にはほとんど思い出せていない。

「漢字の多いタイトル、ですか……」

「わからないかしら？　つい昨日テレビでやってたのよ。たぶん小説だと思うんだけど……」

（小説かどうかも怪しいのか……）

心の中でうめきながら、賢人は検索作業がふり出しに戻るのを感じた。

横浜《よこはま》は元町《もとまち》のショッピングストリートから、ふたつほど通りを隔《へだ》てた先にあるママレード書店。そのまま観光名所になりそうな、瀟洒《しょうしゃ》な洋館の一階に店舗がある。

観光地からほど近く、周囲は住宅街であり、学校も多い――立地とお店の雰囲気に恵まれているわりに客足はいつも鈍かった。

毎日の売り上げは、会計時に本から抜いたスリップを数えるのも虚《むな》しくなるほど。原因として考えられるのは、ひとえに品揃《しなぞろ》えが時流に乗っていないことに尽きた。

人気の廃《すた》れないものにこそ真の価値があるというオーナーの方針のもと、新刊や話題の本よりも、定番の文学作品や一定の需要のある専門書籍、有名作家の既刊などをメインに据《す》えている。

同じく雑誌も、文芸誌や歴史、語学、囲碁《いご》などの教養雑誌ばかりで、サブカルチャー系の情報誌などは一切ない。……かと思えば、大衆向けのグルメ雑誌があるあたり謎である。

基準を訊《き》いたところ、「俺が読むから」という、どきっぱりとした答えが返ってきた。

（良くも悪くも自分の趣味に忠実なんだから……）

経営姿勢は泰然自若《たいぜんじじゃく》としたものだが、それでも落ち着いた店の雰囲気や、オーナーが個人的趣味でそろえたラインナップを気に入って通ってくる常連客は少なくない。

またそうして『ママレード書店』には、他の書店では見かけない特徴がふたつあった。

ひとつはレジカウンターの隅《すみ》に置かれたクッションの上で、日がな一日昼寝を決め込む店主の存在である。名前をミカンと言い、見た目はブリティッシュショートヘアという種類の猫に似ているが、猫ではない。

その正体は、夜《よ》な夜《よ》な街にくり出しては人の夢を喰《く》う『貘《ばく》』という生き物だと思われる。

しかしそれ以外、ミカンは普通の猫と変わらなかった。――否《いな》。普通と呼ぶには怠惰《たいだ》に過ぎるが、この店のオーナーによって店主に任じられているので、それは賢人の口出しすることではない。

とはいえお客さんになでられても喉《のど》のひとつも鳴らさないどころか、猫扱いするなと言わんばかりの迷惑そうな目をするのはいかがなものかと思う。

少しでも親しみやすくできないかと、賢人が橙《だいだい》色の蝶《ちょう》ネクタイを作り、つけてやったところ、それは気に入ったようだ。時々鏡の前でこっそりポーズを取って眺めている。

今では蝶ネクタイも含め、すっかり店のマスコットとして定着した。

そしてもうひとつの特徴が、店の前に出ている看板である。そこにはこう書かれていた。

「世界でたった一冊。あなただけの本を作ります」……と。

＊

明治の時代に建てられたというこの洋館は、元は七十年以上の歴史を誇る老舗《しにせ》カフェだった。それが、オーナーの代替わりを機に書店に改装されたのである。

店内は本棚、レジカウンター、床などに古びたチョコレート色の木材が多く使われており、重厚感がありながら洗練された雰囲気である。高い天井からはステンドグラスをはめた真鍮《しんちゅう》製のランプが吊《つ》るされ、売り場の中央には、童謡に歌われているような大きなのっぽの古時計が据えられていた。

また売り場とは別に小さな閲覧《えつらん》スペースもあり、そこにはカフェで使われていたアンティークのテーブルと椅子《いす》が置かれている。

土曜のお昼過ぎ。店内の客の数は片手の指で足りるほどだった。立ち読みをしたり、なんとなくタイトルを見てまわったり、閲覧コーナーに腰を下ろしてじっくり読書をしたりと、思い思いに過ごしている。

彼らが会計に来る気配はなさそうだったため、賢人は時間を持てあますレジカウンターから出て、客がいない棚や平台《ひらだい》の本にハタキをかけることにした。

と、真鍮製のベルを高く鳴らしながら、ガラス張りのドアが開く。

「いらっしゃいませー」

出入口を振り向いて声をかけると、若い男性がひとり、おずおずと入ってきた。

その客は、本よりもむしろ店の内装に興味があるらしく、きょろきょろと周囲を見まわしながら店内を一周する。そしてしばらくの後《のち》、ハタキがけをしていた賢人に声をかけてきた。

「あのー、お店の写真を撮ってもいいですか？」

「はい――」

古い洋館を店舗としているだけに、ママレード書店ではその手の要望も多い。賢人はうなずきながら、ふと、その相手とどこかで会ったことがあると気づいた。

ひょろりと細い体型。どこかうつむきがちの、おとなしげな風貌《ふうぼう》。慣れない相手と話す時、人一倍緊張を湛えてゆれる細い目――

（あ、わかった）

と思った時、相手が細い目を見開いて声を上げる。

「……もしかして、坂下《さかした》？　坂下賢人!?」

「やっぱり！　伊丹《いたみ》だよね？　変わってないからすぐわかった」

彼――伊丹拓也《たくや》は、賢人が通っていた中高一貫の男子校での同級生である。特別親しかったわけではないが、どういう偶然か六年間ずっと同じクラスだったため、よく覚えていた。

「なに、ここで働いてんの？」

「うん。毎日ここでバイトしてる」

高校卒業を機に疎遠になってしまったものの、こうして再会して話すと昔と変わらない。

お互い、自然に口調もくだけた。

「写真だけど、他のお客さんを写さないようにね」

「わかった。サンキュー」

軽く応じて、拓也はカバンからデジカメを取り出した。そして店内の様子を、天井や吊りランプ、はてはドアノブに至るまで丁寧に写真に収めていく。

どうやらそういった作業に慣れているようだ。シャッター音やフラッシュを消したまま、てきぱきとすばやく撮影したあと、外に出て外観まで撮っていた。

（建物に興味あったっけ……？）

首をひねりながら昔の彼を思い出す。

中高時代の彼は、かなりの読書家だった。休み時間はずっと本を読んでいたように思う。ジャンルは文学作品からマンガまで幅広く、当然ながら博学で、修学旅行の報告会では内容のマニアックさのあまり教師達を唖然《あぜん》とさせていた。

（なんかだんだん思い出してきた……）

懐かしさに思わず笑みをこぼす。

ひとしきり撮影に没頭していた彼は、他の客がそれぞれ店を後にした頃になって、ようやく戻ってきた。

「表の看板、何？　本を作りますっていう……」

「あぁ――」

素朴《そぼく》な疑問に、賢人は書店員のバイトが副業で、本業は絵本作家であることを説明した。

もともと手先が器用で、絵を描くのも工作も好き。その趣味が高じて絵本を作るようになり、大手出版社の賞を取ったまではよかったものの、昨今の出版不況に加えて、各社から多数の絵本が刊行される現在、絵本作家の収入はそう多くない。よって昼間はここでバイトしているのである。

拓也は「へぇ」と感心したように返してきた。

「絵本作家かぁ、すごいな。でもわかるかも。坂下は昔から絵がうまかったし――」

「そ、そうかな？」

「そうだよ。技術的なことはともかく、あの頃からもう自分のスタイルを確立した絵を描いてたじゃないか。絵で食っていきたい人間って大抵、そういうのを見つけるのに苦労するんだってさ。だから高校生なのにすごいなって思ってたよ」

「あ、ありがとう……っ」

思いがけずまっすぐな賛辞に頭をかいていると、拓也はもっともな質問をする。

「でもそれと、この店で製本サービスをすることと、何の関係があるんだ？」

「自分の手で本を作るのは、出版社から本を刊行するのとはまたちがう楽しみがあるから」

絵と文章を提出すれば本の形になって刊行される。――それはそれでありがたいことではあるものの、賢人は自分の手で本を作るのも好きだった。絵と文章だけでなく、折丁《おりちょう》を作り、それを重ねて背を固め、表紙を作って形を整えていく製本の作業そのものが楽しい。

よって空き時間を利用し、書店の売り物のひとつとしてオリジナルの手製本を提供するサービスを始めたのである。

話を聞いて、拓也は「へぇえー」と興味を示し返してくる。

「つまり本職の絵本作家に、手作りで本を作ってもらえるのか。それは贅沢《ぜいたく》だな」

「本職って……売れない零細《れいさい》作家だよ」

「何言ってんの、これからこれから」

軽く言い、彼はぽんと手を打ち鳴らす。

「よし。じゃあ僕も、坂下賢人先生が売れっ子作家になって製本サービスができなくなる前に、一冊お願いしようかな」

「本当？」

「じつは僕、近々結婚する予定なんだ」

「えっ？」

突然の告白に、賢人は相手をまじまじと見つめた。しかしすぐに笑顔で告げる。

「お、おめでとう！　僕の周りでは一番乗りだ――」

学生時代の拓也は、どちらかというと人づき合いの苦手な性格だった。ひたすら本を読んでいたのは、そのせいもあると思われる。その彼が友人の中で一番早く結婚するとは、正直意外である。

……そんなこちらの内心も知らず、彼は照れくさそうな笑みを浮かべた。

「式場の入口に置くウェルカム何ちゃらってあるだろ？　ボードとか、人形とか。うちはそこに絵本を置こうって、今決めた」

「うれしいけど……そんな大事なこと、相手の人に相談しなくていいの？」

「するよ。でもたぶんいいって言うと思う」

断定的な言い方に、やや違和感を感じる。

（こういうことは普通、女性の意向の方が強いって聞くけど……）

とまどう間にも、彼はレジに目をやった。

「申込書とかある？」

「あ、うん」

「ついでに内容も今話していい？　多少のろけになるかもしれないけど」

「あぁ――」

にこにことてらいのない笑顔で言われ、性急に事を進めようとする理由に思い至った。ようは話したいのだろう。

賢人は他に客の姿のない店内を見まわしてうなずいた。

「わかった。……ちょっと待って」

どうやら長くなりそうだ。メモを取るのでは追いつかないだろうし、話をパソコンに打ち込みながら聞こう。

そう考えてレジに置かれたキーボードを引き寄せた時、二階に続く奥の階段から足音が聞こえてきた。どうやらオーナーが下りてきたらしい。

このママレード書店のオーナー・篠宮馨《しのみやかおる》は、賢人の中高時代の先輩にして、カフェを開いていた先代のひ孫である。洋館を継いだ際、書店に改装するまでは何かとこだわったようだが、自分好みの店を作ったところで情熱が尽きてしまったのか、賢人を店員に雇ったあとは、棚に並べる商品の選別以外いっさい業務にかかわろうとしない。

洋館二階の住居にて、日々気ままに暮らすばかりである。

「先輩。お疲れさまです」

背後から現れた馨に挨拶《あいさつ》をすると、彼は端整な顔にあるかなしかの笑みを浮かべた。

「あぁ、お疲れさま」

そのとたん、レジ前にいた拓也が「ええっ」とひっくり返った声を上げる。

「ししし、篠宮先輩……!? ど、どうもごぶっ、ご無沙汰《ぶさた》してます……っ」

馨は興味なさそうにそちらを一瞥《いちべつ》し、賢人に訊《たず》ねてきた。

「誰だっけ?」

「同期の伊丹拓也です。たまたまうちに来て、偶然の再会を果たしたところで――」

「へぇ」

「で、今度結婚するので、結婚式に使うウェルカム絵本の注文を受けたんです」

「それはどうも」

馨が軽く笑うと、拓也は「あっ、……いや、はぁ――」と頭をかいた。

(どっちが客なんだか……)

むやみに存在感のある馨と、当たりがやわらかく腰の低い拓也を見比べ、こっそりため息をつく。

無理もない。百八十センチを超える賢人と同じくらいの長身に、一目でハイブランドとわかるトラッドスタイルをラフに着こなす馨の姿は、どこを切り取ってもはなやかである。

ちなみに実家は山手《やまて》に豪邸を構えるお金持ちであることを、最近ひょんなことから知った。根っから庶民の賢人や拓也に太刀打《たちう》ちできるはずがない。

馨はそのまま、愛用のノートパソコンを手にいつものごとく閲覧コーナーへ向かい、彼の定位置である席に静かに腰を下ろす。

パソコンを開き、それきり作業に没頭する体《てい》の相手からこちらに向き直り、拓也が大きく嘆息《たんそく》した。そして押し殺した声でささやいてくる。

「びびったー！　まさかこんなとこで会うなんて……っ」

「ごめん、言い忘れてた。この店、オーナーは篠宮先輩なんだ。それでオープンの時に声をかけられて――」

「そっか……」

よほど緊張したのか、彼はシャツの襟元《えりもと》をパタパタとあおぐ。

「そういえば、坂下は篠宮先輩のお気に入りだったもんな」

「お気に入りって……大げさだよ」

「なんだかんだ一緒にいたじゃん。あの人のグループって恐《こわ》くて近づきにくかったのに……」

「そうだっけ？　個性的な人が多かったのは確かだけど……」

「生徒会でクーデターとか起こしてなかった？　しかもシャレで」

「あったかも。懐かしいな〜」

「……うん、わかった。おまえがなんで気に入られてたのか、今ので何となくわかった」

ぽんと肩をたたかれ、目をしばたたかせる。

「え？　や、ホントに、普通にいい人だよ？　僕を雇ってくれたのも、絵本作家の収入だけじゃ食べていけないのを見かねてって感じだったし……」

「でもさっき僕には、置物でも見るみたいな目ぇ向けてきたような……」

釈然《しゃくぜん》としない口調で言いながら、彼は閲覧コーナーでパソコンに向かう馨を、ちらりと見やった。

「なに？　店の収支でも計算してんの？」

「あ、いや……」

曖昧《あいまい》に口ごもる。実は小説を書いている、と言ってもいいものだろうか。

彼は、朝のうちは二階で世界中のニュースと為替《かわせ》のデータを追い、本人曰《いわ》く『おもしろみはないが確実に稼げる作業』に精を出す。そして午後になるとこうしてふらりと下りてきて、あの席で気の向くままに執筆に励むのだ。

どうやら職業＝作家と名乗りたいらしい。しかし今のところ、わずかなりともその努力が実ったという話は聞かなかった。天に二物も三物も与えられている身ながら、唯一文才だけは欠けているようだ――そんな推測を、賢人は胸の小箱にそっとしまい入れる。

「――で、絵本どうする？」

無理やり話を逸《そ》らすと、拓也はそうだった、とばかりレジカウンターに身を乗り出してきた。

「どのくらいのページ数になるかな？」

「どんな本にするのかにもよるよ」

「そりゃあもちろん、ふたりのなれそめから結婚に至るまでの道のりだ。会場に来たお客さんが気兼ねなく手に取って、その場で目を通せるような感じがいいな」

「それなら十六ページくらいかな？　それに文章はなるべくシンプルにして、文字を大きくするのがいいと思う」

「十六ページ？　それじゃ少ないよ。書きたいことといっぱいあるし……」

真剣な面持ちでそんなことを言う旧友に、笑みをかみ殺した。

「はいはい。じゃあひとまず全部聞こうか」

うながすと、拓也はレジカウンターにさらに前のめりになって細い目を輝かせる。

「彼女の名前は沙織《さおり》。大学の漫研で知り合った子で、最初は読んでる本の趣味が合って意気投合したんだ。それから——僕が漫画家になりたかったたっていうのは知ってる？」

「あぁ、聞いたことがあるかも……」

「そう。中学ん時からずっと漫画家になりたくて、でも絵の才能が絶望的にないんであきらめてた。そしたら沙織は絵がめちゃくちゃうまくて、漫画家志望で——もうなんか、運命だって思っちゃった。……なんつって」

照れながら話す彼の前で、賢人は忠実にそれを文章に起こしていく。

「運命の出会いだと思ったんだね」

「僕ら、お互いに人見知りする引きこもりタイプだったたから、すごくじりじり仲良くなって——、でも、だからふたりとも相手のことがすごくわかるっていうか。僕、他の女の子といるのはすごく苦手なんだけど、彼女だけはちがう。沙織とは、いつまでも一緒にいたいって思えるんだ……」

「沙織さんとはいつまでも一緒にいたい、と——」

カチャカチャとキーボード上で指を走らせると、ハッと我に返ったらしい拓也が手元をのぞきこんできた。

「や、さすがにそれは書かなくていいや！」

「なんで？　結婚式向きのコメントじゃないか」

「やだって。みんなの目にふれるのに……っ」

滔々《とうとう》と語っておきながら、今になって顔を赤くして照れまくる。そんな旧友に「いいと思うんだけどな……」とぶつぶつ言いながら削除キーを押していった。

そして、ふと思いついたことを提案する。

「一番初めのページに、簡単にふたりの自己紹介を入れた方がよくない？」

「あぁ、そうだな。……僕はウェブ制作会社でシステム開発の仕事をしてる」

拓也が口にした会社は、社名は聞いたことがなかったものの、都心の有名なオフィスビル内にあるとのことで、おそらくそれなりの勤め先なのだろう。

次いで彼は、とっておきの秘密を明かすように、もったいぶった口調で続けた。

「沙織は大学を卒業してから漫画家デビューしたんだ。桜咲夜《さくらさくや》のペンネームで、『堕天《だてん》のインシグニア』っていう作品を連載中なんだけど、知らないかな？」

「……ごめん、マンガはあんまりくわしくなくて」

「ちょ、本屋だろー？」

期待した反応ではなかったようで、拓也はつまらなそうに返してくる。

しかし駅の売店で買えるくらい有名な青年誌に掲載され、アニメ化もしているという話に賢人が素直に感嘆すると、ようやく満足したようだ。

「ずっと漫画家目指して頑張っててさ。二年前にやっと夢をかなえたんだ。うん、彼女はすごいよ」

自分のことのように誇らしげに言い、彼はうれしそうに笑った。

「実はさっき写真を撮ったのも、資料にしようと思ったからでさ」

「なるほど、取材だったのか。休日に彼女の仕事を手伝うなんて、理解あるんだね」

「あぁ――」

楽しそうに話していた拓也の細い目が、そこでふと翳《かげ》る。

「……アニメ化のおかげでものすごく売れたのはいいんだけど、そのせいで彼女めっちゃくちゃ忙しくなっちゃって大変なんだ。ホントに手が足りなくて、この間なんか身体《からだ》壊したし。なのに仕事が詰まってて休むこともできなくて最悪だった」

「それはひどいね」

当の彼女はもちろん、好きな人のそんな状況を見守った拓也の心労も相当だったろう。自分の休日を返上してまで支えたいと思うくらいだ。ずいぶん心配したにちがいない。

（大切にしてるんだな……）

沙織のことを話す時のうれしそうな顔、手伝いに慣れた感じの手際のいい作業、そして楽しそうに結婚の準備を進めようとする、若干《じゃっかん》先走りがちな様子。

どれをとっても、拓也が彼女に夢中であることが伝わってくる。

恋人がいることだけではない。それだけ強く誰かを好きでいるということがうらやましい。

（いいな……）

そんな思いで相づちを打つ賢人に、彼はごくさらりと告げてきた。

「だから僕、近々会社辞めようかと思ってて」

「え？」

「彼女は今ひとり暮らしをしてるんだけど、忙しくて普通に生活するのも難しい状況だから。たまに僕が遊びに行ったついでに家事をやると、すごく喜んでくれるんだ」

「——はぁ」

「だったらもう、いっそのことそっちの道を究《きわ》めちゃおうかなって」

軽い口ぶりで言い、拓也ははにかむような笑みを浮かべる。

気負いのない様子からは何の迷いも感じられず、かえって聞いている方が困惑するくらいだった。

「てことは——」

まさかと思いながらの賢人のつぶやきに、拓也は大きくうなずく。

「主夫になるつもり。彼女が心おきなく仕事できるよう、万全の環境を整えてサポートしてあげたいから」


「うわっ」

棚の整理をしようとして棚下のストッカーを開けたところで、かさかさと走る小さな黒い影が一直線に走り出してくるのを目にし、思わず声を上げてしまった。

黒光りするあの虫である。住宅街に近いせいか、たまに出没するのだ。

それは賢人の足元を駆け抜けてフロアを横切り、まっすぐにレジの方へと向かっていく。

「ミカン！　ミカン！　そっち行った！」

小さな影を指でさしながら必死に訴えたが、レジ脇のクッションの上でいつものごとく身を丸めていた店主は、億劫《おっくう》そうにまぶたを開けただけで、「だから？」と言わんばかりの反応だった。

（そうだった。猫じゃないんだ……！）

悠然とくつろぐ店主の前で、常備しているスプレーを手に取り、おっかなびっくり格闘すること五分ほど。突然、小さな黒い影が羽を広げて飛び立ち、一直線にレジカウンターの上へと向かう。

驚いたらしいミカンが「ヌフゥ!?」と目を剝《む》いて跳ね起き、賢人の頭上に避難してきた。

その直前、必死の形相と視線が重なった瞬間に、風のような感触が脳裏を通り過ぎていく。

（あ、――）

貘であるミカンは夜中に人の『夢』を食べる。けれどどうやら、その中に混じる実際の『記憶』だけは消化できないらしく、それを身近にいる人間に向けて吐き出すのだ。

スイカを食べて種を出すようなものではないかと、馨は言っていた。

吐き出された『記憶』は白昼夢《はくちゅうむ》となって、受け止める人間の目の前で展開される。頻繁《ひんぱん》に起きるため、最近はいつ始まったとしてもあわてることがなくなった。

（これは誰の記憶だろう……?）

ミカンが夢を食べる相手は、ママレード書店の客であることが多い。

（なるべく個人情報に触れないようにしたいけど――）

そんな思いとは裏腹に、この白昼夢は他人の記憶をなぞるだけであり、行動の自由はない。

今、賢人は照明を落とした薄暗い部屋にいた。カーペットに腰を下ろし、ローテーブルの上で開いたノートパソコンを前にしている。

ぼんやりとバックライトを光らせる液晶が表示しているのは、インターネットの匿名《とくめい》掲示板だった。声優についての意見や情報を交換する場のようだ。

『記憶』の主によってゆっくり下にスクロールされていく画面の中の書き込みを追うと、最近は高良《たから》という名の声優の熱愛について語る内容ばかりである。

『ガチですよ。インシグニアのスタジオ入りの時はいつもふたりで来るし、アフレコが終わるとふたりで帰るし』

『ソースは？』

『自称関係者乙』

『桜は毎回毎回アフレコ現場に来ててウザすぎる』

『原作者とはいえ、毎回一緒にスタジオ入りとかありえない！　常識疑うしキモい』

『インシグニアくそつまんない』

『インシグニアも桜さんも好きだけど、高良さんとつき合ってるっていうのはビミョー。そんな情報はいらなかった……』

『あくまで噂なんですよね？』

『もし本当ならニュースんなるレベル。「人気声優と人気漫画家が熱愛！」的な』

『なんねーよｗｗｗｗｗリア充はオタク業界興味ねーしｗｗｗｗｗ』

書き込みはそこで途切れていた。

（――えぇと）

目にした書き込みの内容を頭の中で反芻《はんすう》する。

高良という声優が、インシグニアというアニメの収録現場に、原作者の漫画家をともなっている。そしてふたりは特別な関係だと噂されている――

（でも、それって……）

――桜咲夜のペンネームで、『堕天のインシグニア』っていう作品を連載中なんだけど、知らないかな？

拓也の声が頭の中をまわった。

ここで噂されている漫画家は、拓也の恋人というか、婚約者の女性なのではないか。『記憶』の主がマウスを操作し、画面をスクロールする手つきに動揺はない。それはたまたま見つけたというよりも、前から知っていることについて書き込みをチェックしている雰囲気――のような。

「ヌウッ」

ミカンの声にハッとした時、まず目に入ったのは、レジカウンターの上であたりをうかがうように静止する虫の姿だった。すばやくスプレーを噴射し、動かなくなったことを確かめる。耳元で「ヌフー……」という、大きなため息が聞こえた。

ため息をつきたいのはこちらである。猫の姿であるにもかかわらず、虫退治を人間に催《さい》促《そく》するとは。

「見た目と行動が一致しないんだから」

手をのばして頭上の身体を下ろそうとすると、猫型貘はその手をかいくぐり、虫の死骸《しがい》からなるべく遠ざかろうとするかのごとく、売り場の本棚の上へ飛び移った。

賢人はひとりでカウンターに戻り、そこを拭《ふ》いてきれいにしたあと、早速パソコンに向かい高良という声優がいるかどうかを検索してみる。

「いた……」

高良智成《ともなり》。二十九歳。数々のアニメ作品で主役を務めてきた人気声優であるらしい。桜咲夜が――沙織が拓也の同級生のようだから、五歳上か。『堕天のインシグニア』のアニメにもヒーロー役で出ている。

「まぁでも……噂みたいだし――」

おそらく先ほどの記憶は拓也のものだろう。けれど昨日の様子では不安要素があるようには見えなかった。ふたりは結婚の準備を進めてもいるのだから、あの書き込みは無責任なデマにちがいない。

うんうん、と自分の考えにうなずいた時、チリンチリンとドアベルが鳴る。秋風と共に入ってきたのは拓也だった。

「おーっす。今日は写真持ってきたぞー」

「あ、あぁ。いらっしゃい……っ」

あわてて目前のサイトを閉じ、カウンターにやってきた拓也と向き直る。彼は目尻を下げてにこにこと笑った。

「やー、昨日あれから沙織んとこに行ってさ。ウェルカム絵本頼んだって言ったら、『まだ式場も決まってないのに早すぎる！』ってあきれられちゃったよ。あ、でもオッケーもらったから」

「そっか。よかった」

「彼女忙しいから、細かいことは僕がやるんで」

そう言うと、彼はシャツの胸ポケットからＵＳＢメモリを出してカウンターに置く。

「これふたりの写真な。まだ沙織が忙しくなる前、ふたりで六本木《ろっぽんぎ》ヒルズとかミッドタウンとかに取材に行った時の写真」

「取材って……」

「マンガの舞台は、セレブの暮らす近代的な街って設定だからさ。でも僕ら普段ヒキコモラーだから、もう取材通り越して大冒険だったって！　地図なきゃ歩けないし、ミッドタウンなんて地図持ってるのに何度も迷子になるし……」

ぼやく口調に、賢人も噴き出して言う。

「取材っていうか、もう普通にデートでいいじゃないか」

ふたりが手に手を取って歩き、目についたものにいちいち驚き、はしゃいで写真を撮る様が目に浮かぶようだ。

拓也は頭をかきながら、照れをまじえてほほ笑んだ。

「本当は沙織の担当さんがついてきてくれる予定だったんだけど……僕と行きたいからって、彼女が断ったんだ。ああいう場所歩くのは慣れなくて苦労したけど、ふたりで力を合わせてダンジョンをクリアしていくみたいで楽しかったな。集めた資料写真も役に立ってるし」

「いい思い出になったんだね。ちょっと写真を確認させて――」

賢人は受け取ったＵＳＢメモリを手元のパソコンに差し込み、中身を確認しようとして
――次の瞬間に凍りつく。

スリープ状態だった画面がパッと明るくなり、なんと直前まで見ていた人気声優・高良智成の公式サイトが出てきてしまったのだ。

（ひぃぃ……!?）

ウインドウを閉じたつもりでいたが、閉じられていなかったらしい。

（どんな失敗だ、バカ……!!）

自分を罵倒《ばとう》しつつ、おそるおそる拓也の顔を見る。

彼は固まったまま、ぼんやりと画面を見つめていた。しかしやがて、何かをこらえるように息を呑《の》み込み、乾いた笑いをこぼす。

「……桜咲夜の名前をネットで検索すれば、……今出てくるのはこの噂ばっかりだもんな」

「噂だよね？　わかってる！　これはその、ちょっとした好奇心で……っ」

フォローになっているんだか、いないんだかの言い訳に、拓也は首を振った。

「気ぃ遣わなくていいよ。……嘘《うそ》をついたわけじゃないけど、僕も本当のことを全部話したわけじゃないから」

「え？」

「その写真……二年前のものなんだよね」

彼はUSBメモリをじっと見つめ、静かに笑う。

「今の沙織は六本木でも渋谷《しぶや》でも、ひとりで気軽に行くよ」

淡々《たんたん》とつぶやく声は、染み入るようなさみしさを湛えていた。

「マンガが売れてから、沙織は変わったんだ。成功して、つき合いも広がって、いつの間にか引きこもりじゃなくなってた。彼女はもう僕とはちがう。それに——以前ほど僕に関心を持ってない」

「伊丹……」

はっきりと言い切られ、賢人は絶句した。

つい今の今までふたりの関係の良好ぶりを明るく語っていたというのに——まさかそんな真相が待ち受けていたとは。

言葉を探していると、彼は小さく首を振る。

「でも僕は……僕の気持ちは全然変わってないし、彼女に必要とされてるうちはずっと傍《そば》にいるよ」

「結婚する予定なんだろう?」

とまどいを込めて訊ねるこちらをすがるように見つめ、やがて彼はぎこちなくうなずいた。

「……あぁ、そう――そうなんだ。沙織の仕事にはどうしても僕の協力が必要で……彼女は僕と別れるわけにいかないから」

「どういうこと？」

「――……」

眉根を寄せ、拓也はくちびるを引き結ぶ。

言うかどうか迷うように、しばしの逡巡《しゆんじゆん》を見せたあと、彼は力なくうなだれた。

「沙織は……絵はすごくキレイだし、コマ割りとか、ページで魅せる技術も際立ってるんだけど……唯一弱点があって」

「弱点？」

「話を作る才能がないんだ。大学時代、絵の技術は十分だったのに何度投稿してもダメだった理由はそれ。だからストーリーだけ僕が考えてあげたら、あっさり受賞してデビューした。それ以来、彼女のマンガの話は僕が考えてる」

「……今も？」

そう、とうなずいた彼は、うつむけていた顔をのろのろと上げ、はかない微笑をほろりとこぼした。

「担当編集も知らない、桜咲夜の秘密だ」

拓也のおかげで成功している沙織は、彼を手放すことができない。けれど彼女の心は現在、仕事場の外に広がった世界に向いており、拓也に対して以前のような気持ちはなくなってしまった。

拓也の言うことだけを信じるとすれば、そういうことだ。

彼女を喜ばせたい。彼女に尊敬されたい——その一心でやっていたことが、彼女と拓也との距離を埋めようもなく隔てていっただなんて。

＊

「皮肉ですね……」

新しい雑誌と古い雑誌を入れ替えながら、賢人は気がつけばこぼしていた。

閲覧コーナーで、横一列に並べた椅子に足を投げ出して行儀悪く座っていた馨が、迷惑そうに身をよじるミカンと戯《たわむ》れながら返してくる。

「人の心ほど当てにならないものはないからな」

にもかかわらず、彼女の気持ちを何とか自分につなぎ止めようとする拓也の姿は、いじらしいとしか言いようがない。

彼女のため、休みの日を利用して資料写真を撮ってまわり、家事をし、仕事を辞めることまで考えて。

「そんなことしたところで、相手が求めてくるのはマンガの原案だけだっていうのにな」

「先輩……」

さらりと発された容赦《ようしゃ》のない指摘にうめく。と、彼は「けど……」と続けた。

「女の成功を素直に喜んで、サポートにまわってもいいとまで考える男って、けっこうポイント高いと思うけどな。なぁ、ミカン？　――あ、」

弄《もてあそ》ばれていたミカンが「ヌゥ！」と暴れて馨の手の中から抜け出す。身軽に床に着地した鋼色の猫は、橙色の蝶ネクタイをちらつかせながら、こちらに近づいてきた。

「あ、ダメだよ。平台の上には乗らないで……」

向かってくるミカンと目が合ったとたん――またしても意識が、白昼夢に包み込まれた。

『このふたりはもうおしまい』

ボールペン片手に大学ノートを見つめて言うのは、記憶の主。拓也の声である。

ノートにはファンタジックな衣装に身を包んだ少年と少女のラフ画があり、周囲にたくさんのメモが書き込まれていた。

『ミーナが他の男を好きだってことにガルは気づいてる。だからふたりはもうダメになって、それがこの先の戦いの不安要素になる。……その展開が妥当《だとう》だ』

微量の棘《とげ》と苛立《いらだ》ちを交えた彼の言に、目の前にいた女性が『そんなのダメ！』と首を振る。

茶色く染めたマッシュルームボブの髪に、ふっくらとした頰《ほお》が印象的な、ややあどけない顔立ち。つぶらな瞳が、懇願《こんがん》するように見つめてきた。

『ダメになるんじゃないわ。ふたりの関係は変わるだけ。でもまだ信頼し合ってて――』

『ガルはミーナを信じ切れないと思う』

『それでも――ミーナにとってガルは大切な人よ。人生を変えた特別な人なんだもの。離れたいとは思わないはず』

大切な人。でもそれは、好きな人と同義ではない。

女性の――沙織の言うことは、いまだ彼女を想う拓也にとって酷なものだ。気持ちが変わってしまったことを認めつつ、それでも彼にもずっと傍にいてもらいたいだなんて。

(なんか……なんていうか――)

「おーい！　戻ってこーい！」

「――……!?」

突然響いた高い声に、ハッと我に返る。気がつけば目の覚めるような美少女が目の前にいて、ひらひらと手を振っていた。

「あ、気がついた」

明るい口調でそんなことを言うのは、馨の親戚《しんせき》で現役女子大生の美紅《みく》である。バイトで読者モデルをやっているという彼女の装いは、今日もハデの一言に尽きた。

特にマイクロミニのスカートは正直に言って目の毒――もとい、目を疑う。

「美紅さん。そのスカート……」

「なに？」

「老婆心ながら言わせてもらいますけど、ちょっと短すぎるのでは？」

「ロウバシンって！　渋ーい！」

うれしそうにけたけたと笑い、彼女は自分の足元を見下ろした。

「ダメ？　股下《またした》、三センチも隠れてるじゃん」

「……そうですか。僕には三センチしか隠れてないように見えます」

健康的にすらりとのびた足は、膝上《ひざうえ》までのチャコールグレーのソックスに包まれ、ヒールの高いコインシューズ風の靴でコーディネートされている。ファッションのことはよくわからないが、彼女がオシャレであることだけはまちがいない。

「賢人とつき合う子は服選びが大変だね」

「……意見は言いますけど、趣味を押しつけたりはしませんよ」

心外な思いで答えると、美紅は「ふぅん」と意味ありげに見上げてきた。

「そう？　ていうか、賢人はどんな子とつき合ってきたの？」

「人に話すほどじゃありません」

「またまた、謙遜《けんそん》しちゃって」

「本当です。男子校育ちの恋愛との縁のなさを舐《な》めないでください」

「でも大学は共学だったんでしょ？」

「それはそうなんですけど……」

彼女のペースで会話を続けるうち、なぜだか巧《たく》みに答えを引き出されてしまう。

一年生の時、いい感じの女の子ができたものの、そう思っていたのは自分だけだったことが判明。彼女に彼氏ができて現実に気づく。

二年生の時、サークル仲間の女の子に勇気を出して告白するも玉砕《ぎょくさい》。しかもそのことをサークル中に言いふらされる。

三年生の時、同じゼミの女の子から何度かアプローチされるも、自分が相手を好きになった頃に心変わりされる。

四年生の時、バイト先のフリーターの女性とつき合う。初めてのまともな交際だったものの、ひと月もしないうちに相手が既婚・子持ちと判明。

「しかも知らなかったのは職場の中で自分だけだったんです……」

遠い目で苦い過去を思い返していると、美紅がひとりで大受けしていた。

「それは人には話せないわ、確かに！」

声を立てて笑う彼女に反論できず、なにげなくその背後——閲覧コーナーを見やった賢人は、そこで目にしたものに、ついついふくれてしまう。

「……先輩。そんなところで笑いをこらえて肩をふるわせるくらいなら、こっちに来て会話に参加したらどうです？」

と、美紅も長い黒髪をひるがえして後ろを振り向き、憎まれ口をたたいた。

「わーやだ、盗み聞き？　これだからむっつりスケベは」

対する馨は涼しい顔でほほ笑む。

「頭からっぽなよりはマシだろ。書店に来ただけで成績がよくなると思ったら大まちがいだぞ」

口調はさわやかだが、言うことははなはだ大人げない。

「はぁぁ!?」

たちまち柳眉《りゅうび》を逆立てる美紅との間に、賢人はあわてて割って入った。

「まぁまぁ……」

このふたりはいまいち仲がよろしくないのである。にもかかわらず、彼女はちょくちょくここを訪ねてくる。馨に言わせると目的があってのことだというが、大抵はこうして作業中の賢人と無駄話をしただけで帰ってしまうのだ。何が目的なのか、謎である。

美紅は「そんなことより！」と、奮然とこちらに向き直った。

「賢人に言おうと思ってたことがあるの」

「僕に？」

「桜咲夜っていう漫画家の彼氏と友達なんでしょ？」

「はぁ……」

「その人、結婚間近って言ってるんだよね？」

先日美紅がふらりと顔をのぞかせた際、拓也との思いがけない再会について話した。彼が漫画家とつき合っていることにもふれた。ねだられて漫画家の名前を教えもした。

「そうなんですけど、……なんだか微妙な感じなので、あまり他では言わないでほしいんです——」

「そう、それそれ」

「え？」

「バイト仲間に声優志望の子がいてね、今からコネッテ作ろうって頑張ってるから業界にもくわしいの。で、その子が言ってたんだけど、桜咲夜って自分の作品のアニメに出てる声優とつき合ってるらしいよ。現場の人間の間では有名な話っていうか、もう公認の仲らしくて」

「……そうですか」

「でね」

ちらりと目を上げ、彼女はこちらの様子をうかがうように続けた。

「その子の話によると、声優の男の方は、束縛男から彼女を助けるって言ってるんだって」

「——え？」

「元……かどうかはっきりしないけど、桜咲夜の彼氏って、とにかくすごいらしいの。彼女の毎日のスケジュールを完璧に把握《はあく》してるのなんて序《じょ》の口《くち》で、自分以外の男の名前がないかスマホをチェックするとか、男のいる飲み会は参加させないとか、門限九時でそれまでには絶対帰るよう言うとか……。そんな状態だから、彼女の方は結婚とかまったく考えてないみたい」

美紅からもたらされた情報は、ひどく衝撃的なものだった。

自分と話す時の拓也の人の好《よ》さそうな様を思い出し、そんな彼に別の一面があるかもしれないなどと考えるのは、あまり気分の良いものではない。

（ただの噂だと思うけど……。いや、そうでありますように）

心の中でそう念じ、棚の整理にでも出ようかと考えた、その時。賢人のスマホに着信があった。

液晶を見ると拓也からである。

「えぇと――」

普段であれば仕事中は出ないことにしている。

（でも……）

レジから首をのばして売り場を見たところ人影はほとんどなく、レジに来そうな客もいない。

迷った末、賢人はレジ奥のアトリエに引っ込んで通話ボタンを押した。

「はい――」

『絵本できた？』

挨拶もなく、拓也は開口一番にそう切り出してくる。

「いや、まだだけど……」

『そうか……』

そう言ったきり途切れた言葉尻を追い、そっと訊ねた。

「伊丹、大丈夫？」

『なにが？』

「なにって……電話なんかかけてくるから、何かあったのかなって——」

『何もないよ。ただ、どうしても気になったんだ』

「絵本が仕上がってるかどうかが？」

『——あの絵本は嘘ばっかりだ。僕達の現状をきれいに脚色しまくった虚構の本だ。……醜悪《しゅうあく》だな』

「伊丹？」

『おまけにマンガについても、僕と別れるならもうインシグニアのストーリーは作らないなんて言って。……そうすれば彼女は僕から離れられないって思ったから、……だから——ひどいよな』

「伊丹……泣いてるの？」

電話の向こうの声は、時折かすれ、ふるえている。

『止められないんだ。自分でも、こんなのまちがってるって、わかってんだけど、止まらない……っ』

「何が――」

明らかに普通ではない様子に、さらに問いを重ねようとした時、通話はふいにブツリと切れた。

「な……っ」

すぐにこちらから電話をかけ直したものの、電源が入っていないという機械的なアナウンスが流れるばかり。

(なにそれめちゃくちゃ気になるから……!!)

スマホをにぎりしめた時、裏の方からガラガラと台車を転がす音が聞こえてくる。

「すみませーん、入荷お届けでーす」

注文していた本が届いたのだ。賢人はあわててスマホをエプロンのポケットにしまい、裏口に向かった。

（まったく。二十代半ばにもなろうかって歳《とし》なのに、現役のかまってちゃんなんだなあいつ……！）

その夜。賢人は閉店までまだ少し時間がある中、早く帰れるように前倒しで作業を進めた。

あんな電話をもらっては、放っておくわけにもいかない。帰りに拓也の家に寄るだけ寄ってみよう。そして少し説教をしなければ。

固い決意を胸に入荷した本と返品する本とを手早く入れ替えていると、ふいに店の電話が鳴った。

「はい、ママレード書店です」

作業をしながら取った子機を肩ではさむ。が。

「――え？」

次の瞬間、思わず姿勢を正してしまった。

かけてきたのは中華街《ちゅうかがい》にある警察署だった。用件は、伊丹拓也の身元引受人になってもらえるかという要請である。

「身元引受人……!?」

突然のことに混乱したものの、ようは拓也が警察署にいるので迎えに来てほしいという話だった。

「あ、はい、すぐに行きます……っ」

あわてて電話を切り、階段を上がって二階に向かう。

「先輩、すみません、閉店の作業をいったん中断してもいいですか？　ちょっと警察に行かなきゃならなくなって」

リビングに駆け込むと、キッチンで何かを作っていたらしい馨が振り向いた。

「警察？」

「伊丹が捕まっちゃったらしいんです。彼女の後をつけて別の男性とのデート現場を押さえたとかで、その相手と口論になって……」

とたん、馨の目がきらりと輝く。

「へぇ。地味そうなヤツに見えたけど、意外にやるなー」

「おもしろがってる場合ですか」

語調を強めると、彼は肩をすくめた。

「わかった。店は閉めておくから、今日は戻らなくてもいい」

「よろしくお願いします！」

言いながら階段を下りてエプロンを外し、コートとカバンを手に取り外に出る。真鍮のドアベルの音が夜道に響いた。

元町と中華街は隣り合っている。日が落ちたあとも人で混み合う大通りを足早に進み、まっすぐに目的地へ向かった賢人は、十分ちょっとで目的地に着いた。

受付で用件を告げると、担当の警察官が呼ばれて出てくる。その話によると、拓也を拘《こう》束《そく》したのは罪を犯したからというよりも、揉《も》め事の当事者同士を引き離すための措《そ》置《ち》とのことだった。

微罪《びざい》なので、身元引受人さえいればすぐにでも釈放《しゃくほう》されるらしい。胸をなで下ろしたところで、警察官は「ですが……」と続けた。

「実はもうひとり自主的に来てくれた方がいまして」

「自主的に身元引受人を？」

「はい。こちらとしては、どちらにおまかせするのでもかまわないのですが――」

相手が指さした先を見ると、壁にそって廊下に置かれたビニールの長椅子に、写真と白昼夢で見たことのある女性がうつむきがちに座っていた。

茶色く染めたマッシュルームボブの髪に、ふっくらとした頬がやわらかそうな、やや童顔の顔立ち。

「沙織さん……？」

呼びかけに、彼女は顔を上げてこちらを見る。賢人は近づいていき、その前に立った。

「どうも。坂下賢人といいます。伊丹くんとは中高時代の同級生で」

名乗ると、彼女は困惑するようにつぶらな瞳を揺らす。

「初めまして。……拓也の友達は、みんな知ってると思ってたんですけど、――」

どうやら拓也は、ウェルカム絵本のことどころか、賢人と再会したことすら彼女に話していないようだ。

賢人は沙織にこれまでのことをかいつまんで説明した。その上で、ここに来る前に何があったのかを訊ねる。

すると彼女は、きゅっとくちびるをかんだ。

「……今日、私が他の人といるところに拓也が来て、ちょっと言い合いみたいになって、場所がレストランだったので、すぐに通報されてしまったんです。あの、迷惑かけてすみません……」

頭を下げる相手に、不躾《ぶしつけ》と知りつつ訊ねる。

「他の人というのは声優の高良さんですか？」

「――……はい」

しばらくじっとうつむいていた彼女は、ややあって顔を上げた。そして頼りなく小首をかしげる。

「拓也のことが好きでした。……大好きでした。すごく好きで、うまくいっていたのに、気がついたら身の周りの色々なことが変わってしまっていたんです。マンガが売れて……私だけいろんな場所に呼ばれるようになって、大勢の人と新しく知り合って、――彼を不安にさせてることはわかってました。だから彼の言うことも全部聞いていたのに……、なのに――いけないってわかっていたのに、他の人を好きになってしまって……」

言葉に詰まるように、彼女の瞳が涙でうるむ。

「ごめんなさい。私がいけないんです。全部、私のせいです……！」

バッグからハンカチを取り出し、彼女はほろほろと泣き出した。その前で賢人はどうすることもできず硬直する。

（だっ、だから僕は、こういうの苦手なんだって……！）

心の中で誰へともなく訴えながら、必死に言葉を紡《つむ》いだ。

「僕は別に、あなたが誰を好きになったとか、そういうことを責めるつもりはありません。ただ……拓也と別れないまま、仕事でだけ彼を頼り続けるのはおかしくないですか？」

指摘に、彼女はしばらくぽかんとする。それからぶわっと、いっそうハデに泣き出した。

（なんで……!?）

責めるつもりはないと言ったのに、なぜ泣くのだろう？

「いっ、いや！　もちろん、彼のしたことを正当化するつもりはありませんけど！　つきまといはやり過ぎですよね！　そうなんですけど、でも……っ」

「でも私、ダメなんです！　拓也がいないと、やってけないんです……！」

「────……っ」

泣きじゃくりながら言い放たれた彼女の言葉に、これか、と思った。

沙織の心が自分にないと知りつつも、拓也が彼女を思いきることができなかったのは、きっと彼女のこの言葉もまた真実だったから──

あなたが必要だから、傍にいてほしい。……きっと沙織は、恋愛感情がなくなってからも拓也にそう言い続けたのだろう。

泣き伏す沙織の華奢《きゃしゃ》な肩を、苦い思いで見下ろす。

「……好きな人から力を貸してほしいと言われたら、どうしても期待してしまいます。まだ脈があるんじゃないかって──それって当たり前のことですよね？」

「賢人──」

ふいに拓也の声が割りこんでくる。振り向けば、警察官に連れられて彼がやってくるところだった。

「拓也……！」

沙織が立ち上がり、拓也に向けて足を踏み出す。しかし彼は、一歩下がるようにしてそれを拒んだ。

「……ごめん。今は沙織の顔、見たくない。僕は賢人と帰るから――ごめん」

それだけ言うと、彼は立ち尽くす彼女の脇をすり抜けてこちらに向かってくる。そしてひとりで出入口に向かった。仕方なく賢人も後を追いかける。

警察署を出てから横に並ぶと、ひょろりとした背を丸めて歩いていた拓也が、もそもそと小さな声で言った。

「名前出しちゃって悪い。親に知られたくなくて……」

「いや、かまわないけど――」

「――ありがとう」

「え？」

「ありがとう」

「……何が？」

訊き返すと、拓也は首を振って「全部」と返してくる。

「彼女を束縛して、つきまとって、相手の男に突っかかって――最悪だよな。誰がどう考えても僕が悪い。きっと話を聞いた世界中の人が、捨てられたのに往生際が悪い男だって言うと思う。自分でもそう思う。だから……」

笑みを貼《は》りつけていた顔が、そこでくずれた。

目頭を手の甲《こう》で覆《おお》い、彼は声をうわずらせる。

「だからかばってもらえるとは思わなかった……っ」

「伊丹――」

追えば追うほど遠ざかるとわかっていた。それでもやめられなくて苦しかった。

なぜ自分ではダメなのか。何がダメだったのか。考え続け、その疑問にとらわれて、がんじがらめになっていた。

嗚咽《おえつ》をこらえながら、ぽつりぽつりと声をしぼり出し訴えてきた拓也は、あらかた吐き出したあと、ズズッと洟《はな》をすする。

賢人はそれに気づかないふりをした。ただでさえ夜の中華街は明るくて人が多く、にぎやかである。見ないふり、聞こえないふりは難しくない。

肩を並べてしばらく歩き、あと少しで中華街の出入口である門に着いてしまうというところで、意を決して拓也を振り向く。

はずさないといいな、と思いつつ――賢人はあえて神妙な顔で厳《おごそ》かに告げた。

「肉まん、食べようか?」

*

「中学受験に有利そうな本ってありますか?」

三十歳前後とおぼしき痩《や》せぎすの女性が、大まじめな顔で訊ねてくる。

「これを読めば頭が良くなるっていう本でいいんです」

(そんな本があるなら僕が読みたいです)

心の中で返すだけですませた賢人の背後で、たまたまカウンター奥から出てきたところだった馨が「ぶふっ」と噴き出した。

ひくりと眦《まなじり》をとがらせた女性客に向け、彼は即座にモデルばりの営業スマイルを浮かべる。

「そういうことでしたら、当店にはぴったりな書籍がたくさんあります」

適当なことを言い、彼は客を棚に案内してあれやこれや薦め始めた。

(しかもあんなにたくさん――)

買うかどうかはお客さんの判断だが、もしあれがすべて売れたら、この店の一日の売り上げとしては大変な快挙になる。

（普段どれだけ売れてないんだっていう話だけど……）

レジに立ったまま、賢人はため息をついた。そして完成はしたものの、渡す相手がなかなかやってこない絵本に目をやる。

警察署に呼び出されたあの日から五日が過ぎたが、拓也は一度も姿を見せない。

「どうしてんのかなぁ……」

申込書に記入してもらっているので、住所も電話番号もわかる。だが連絡を取っていいものかどうか、タイミングに迷っているうち、ずるずると時間がたってしまった。

（絵本を届けて、落ち込みに拍車をかけるようなことは避けたいし――）

「気になるけど、もう少しだけ待ってみようか」

ミカンの前で言い、絵本をレジ下の棚にしまう。「ヌー？」というミカンの返事には、めんどくさそうな響きがあった。特に意図したわけではなかったが、様子を知りたいというリクエストのように受け止めたようだ。

ミカンはその夜に早速拓也のもとへ行ったらしく、翌日、賢人は例によって白昼夢を見た。

つき合い始めの頃なのか、彼は、先日見かけた時よりも若い印象の沙織と歩いていた。

真っ白なスカートの上にピンク色のTシャツを着て、白いリボンをつけた麦わら帽子をかぶっている。

足元は少しヒールのあるサンダルで、歩き方がどこかおぼつかない――と思った瞬間、彼女が転びそうになった。

ぐらつく彼女をとっさに支え、記憶の主は息をつきながら笑う。

『どうした？　これで三回目』

『ごめん。――ヒールのある靴はくの、初めてで……』

自分の腕につかまった沙織が弁解すると、彼は『あー』とまんざらでもない声音《こわね》で返した。

『いや、それむしろうれしいかも……』

そしてふと続ける。

『……ていうか使えるな、それ。デートで初めてヒールはいてきた彼女が危なっかしいんで、彼氏はそれを口実に手をつなごうとする――とか、青年マンガでもわりとアリじゃない？』

『アリだと思う！』

『やっぱり』

ひとしきり声を重ねて笑ったあと、彼女が遠慮がちに訊ねてくる。

『……そのエピソード、使っていい？』

『どーぞどーぞ』

そこで会話は一度途切れ、やがて沙織がそっと言った。

『――……手、つながないの？』

『……言い出そうかどうしようか、迷ってたんだ』

頼りなく応じる拓也の横で、彼女は『えいっ』と手をのばし、こちらの手をつかんでくる。

『つないじゃった』

明るく言い、はにかんだ笑みを見せる。この笑顔のためなら何でもすると――おそらく拓也は考えたにちがいない。たやすくそんな想像がつく、幸せそうな笑顔だった。

「――――……」

はぁぁぁー。

その場にしゃがみ込み、片手で顔を覆ってこみ上げてくる諸々《もろもろ》の感情をこらえていた賢人に、「どうした？」と馨が声をかけてくる。

「いいえ、何だか今流行《はやり》の胸きゅんシーンなるものをのぞき見た気分で……」

「エロいもん見れたのか？」

「先輩のときめきポイントってそこですか」

「他の何にときめくって？」

「いやもうなんかこう……ピュアすぎて見てる方が恥ずかしくなってくる光景です」

もう一度息をついて自分を落ち着かせ、額《ひたい》を押さえたまま立ち上がった。そしてレジカウンターの上にいたミカンに目をやる。

「こんな大事な記憶、食べちゃダメじゃないか」

「ヌ……!?」

鋼色の猫が、せっかく骨を折ったのに、という顔で見上げてきた。

これまでの事例では、記憶を食べられた当人はそのことについてピンポイントで忘れてしまうようなのだ。つまり拓也は、このデートの思い出を失ってしまったものと思われる。

気まずそうに視線をさまよわせる猫を、ふいにのびてきた馨の手がひょいと抱き上げた。

「最初の頃はうまくいってたんだろ？　ならイチャラブな思い出なんか腐るほどあるさ。……なぁ？」

彼は肩の上に乗せたミカンに向けて言い、その首筋をくすぐるようになでる。

そうともさ、とばかりに目を細める店主と、隙《すき》がなく見えて実は適当そのもののオーナーとを、賢人はやれやれと見つめる。

(なんでこの人、人間にはシビアなのに猫には甘いんだろう……?)

こういう時、七十年以上前からこの洋館にいたミカンが、馨とは子供の頃からのつき合いだということを思い出すのだった。


閉店作業を終えた賢人は、レジ奥のアトリエにこもり、鉛筆を手に白紙と向かい合っていた。

デート場面の記憶はともかく、もうひとつ前の白昼夢で沙織が口にしていた印象的な言葉——彼女と想い合っていた時間が、確かにあったということを示す、あの言葉だけは拓也に返したい。

そんな思いで、書店の仕事をしながら頭の中でまとめていた物語を形にしていく。

まずはラフな絵を描いたダミーを作り、ページのレイアウトを決めていった。

(日本の昔話っぽい雰囲気にしよう——……)

力強さと同時に、あたたかさ、やさしさを出せるよう、はっきりとした色彩のアクリル絵の具で、ちぎり絵風の絵にしてみた。

ある日、うまく飛べない鷹《たか》の子供と、新米の鷹匠《たかじょう》が出会う。一人前になるために助け合ったかいがあって、数年後、鷹の子はとても強く賢《かしこ》く成長する。

しかしある日、遠くで仲間を見つけてしまう。人間よりも鷹の仲間達と過ごしたい――その願いを鷹匠は聞き入れず、鷹の子の足に紐《ひも》をつけて飛べないようにしてしまう。

おまえを失いたくない、と訴える鷹匠に、鷹の子は言う。

『私達の関係は失われません。変わるだけ。私にとってあなたは大切な人。人生を変えた特別な人なのですから』

鷹の子を見送った鷹匠のもとへ、お殿様から誘いが来る。不器用な鷹の子を立派に育てたことが、知らぬ間に国中で評判になっていたのだ――

物事は変わる。人の心も、立場も、状況も、あらゆるものは変化していく。

多くの場合、誰が悪いわけでもなく、ただ周りが動いていく中でどうしてもそうなってしまう。

だからといって、それまでの気持ちや、思い出や、信頼関係までもがなかったことになるわけではない。

誰が悪いわけでもないのだから。

『僕が悪い』――そう言ってうつむいた拓也の姿を思い描き、そのメッセージを、文章でも絵でも、強く示した。

さらに拓也から注文を受けたウェルカム絵本を、彼が虚構だと吐き捨てた文章のみ消して、ただのアルバムの形に作り替える。

数日後、その二冊をママレード書店の紙袋に入れ、賢人は帰り際に拓也の家まで届けた。

(何かの役に立てばいいけど……)

気持ちの変化の理由を探し、追いすがることの不毛さに、彼はすでに気づいている。ならばあとは自力でそこから自由になるだけ。

どうかその際、彼にひとつでも多くの励ましが寄り添いますように。

願いを込めて見上げた先で、マンションの彼の部屋の窓は閉ざされたまま、塗りこめたような闇《やみ》に沈んでいた。

＊

「別れた」

次の週末。真鍮のドアベルを鳴らし、気まずそうに入ってきた拓也は、レジカウンターまで近づいてくるなり言った。

「そうか……」

予想はしていたものの、改めて聞くとやはりやるせない気分になる。しかし彼の口調はさっぱりとしたものだった。

「本、ありがとうな。両方とも」

「いや、――」

含みのない、まっすぐな礼に胸をなで下ろす。と、彼は「でも」とわざとらしい苦笑いで続けた。

「鷹匠にはリアリティーがなかったな。普通はあんなに聞き分けよくないよ」

「うわ。ダメ出しキター」

「絵本だからって、そこんとこ手ぇ抜いちゃダメだろ」

冗談めかして応じるこちらとは裏腹に、拓也は思いのほか真剣な面持ちでレジカウンターに身を乗り出してくる。

「鷹の子にしつこく追いすがってこそ、読み手の共感を得ると思うぞ」

「……次回の参考にするよ」

同じように微苦笑で返す賢人の前で、彼は頭をかきながらうつむいた。

「でもオチはよかった。……鷹匠は、羽ばたこうとしている彼女についていけない自分が、足枷《あしかせ》になってるってわかっていた。それが破局の原因だと思ってたし、みじめな自分に絶望してた」

カウンターの、よく磨きこまれたチョコレート色の木材にうっすらと映る自分に向けて、彼はつぶやく。

「だから誰かに、おまえは悪くないって言ってほしかった。……それだけのことだったんだな」

何年ものあいだ円満な関係を築いてきた相手の翻意《ほんい》に混乱し、あがいた。その痛みを見つめるような眼差《まなざ》しを、彼はふと持ち上げる。

「いや、あの絵本には色々考えさせられたよ?」

「人気マンガを支える原案者にそう言ってもらえると自信になるよ」

「そうだろうとも。もっと褒めたまえ」

「たとえ結婚式がドタキャンになったとしても、売れっ子であることに変わりはないよね」

羨望《せんぼう》を込めてちくりと言うと、拓也はあっけらかんと返してくる。

「あぁそれな。それも嘘だ」

「は？」

「ウェルカム絵本以外に結婚式の準備なんかしてない。そもそもそんな話、カケラも出てなかったし」

「そうなんだ」

「……そうなるといいな〜って夢を、ここで語ってただけ」

　さばさばと言い、カウンターに寄りかかっていた身を起こす。

「そういや、沙織とは別れたんだけど、マンガの原案からだけは逃げられなくてさ」

「え？」

「や、担当編集が……、沙織が自分で考えたネームを見て、『桜咲夜はふたりでひとりってことでいいじゃないですか‼』って涙ながらに僕んところに電話してきたんだよ」

「……沙織さんはよっぽど話作りが苦手なんだね」

「こっちもしばらくは拒否ってたんだけど、そのうち『なら私はこれからいったいどうすればいいんですかぁぁ』とか号泣し始めたんで、なんだか気の毒になっちゃって……」

「引き受けちゃったのか」

　声を立てて笑いながら返すと、彼もまたどこか誇らしげにうなずいた。

連絡は担当編集を通すということと、原稿料は折半《せっぱん》するという条件で、これからも続けることになったらしい。

「よかったの？」

「うん。創作自体はきらいじゃないから。インシグニアには僕なりに思い入れもあるし」

静かに笑う眼差しには、ひそやかな自信がにじんでいる。

変わったな、とその顔つきを見て感じた。自分の世界に閉じこもり、そのことにさして疑問を抱いていなかった、賢人の知る拓也とはどこかちがって見える。

これまで沙織がひとりで開けていた周りの世界への扉を、彼もこれから自分で開けることになるのだろうから。

いずれ拓也と沙織が、お互いに自分の知る相手とはまったくちがう様になって再会する日が来るかもしれない。

そんな予感が、賢人の頭のどこかを猫のように横切った。

過去、今に還り

Daydreams
in the Marmalade
Bookstore

（——ん？）

突然立ち現れた光景に、賢人《けんと》は目をしばたたかせた。

ミカンと視線が重なった瞬間、自分のものではない記憶が頭の中に流れ込んでくるという現象にはもう慣れた。しかしこんなにも意外なものを目にするのは初めてだ。

（うち……？）

あたりの暗さから察するに夜である。場所はママレード書店と道をはさんだ斜向《はすむ》かいにある公園。はっきりと特定できるのは、遊具に見覚えがあるのはもちろん、記憶の主がそこからママレード書店をじっと見つめているからだった。

公園の中は明かりが乏《とぼ》しく、また周囲に生い茂る木々に遮《さえぎ》られ、視界が良いとは言いがたい。

それでも彼（あるいは彼女）は書店から目を離さなかった。

とその時、ふいに出入口のガラス張りのドアが開く。夜道にチリンチリンと古びたドアベルの音が響き、ひょろりと背の高い影がそこから出てきた。賢人だ。エプロンの下の服装から察するに、昨夜のことだろう。

視線は、店の前に置かれたA型看板をたたむ賢人を、執拗《しつよう》なまでに注視した。たたんだ看板を手に店の中に戻っていくと、視界を妨《さまた》げていた木々を手で押さえ、なおよく見ようとするかのごとく、身を乗り出し――


チリンチリン！

実際に鼓膜《こまく》を震わせるドアベルの音に、意識は瞬時に現実の世界に引き戻された。

「いらっしゃいませ――」

反射的にそう口にしながら、賢人はたった今目にした白昼夢《はくちゅうむ》を思い返す。

暗闇《くらやみ》の中、この書店をじっと見つめていた。あれは――？

ただならぬ内容に、レジカウンターの隅《すみ》に置かれたクッションの上で、そしらぬ顔をして寝ていた鋼《はがね》色の猫をゆさぶる。

「ミカン！　ミカン、今の何？　誰の記憶？」

猫は「ヌゥ……ッ」と迷惑そうに眉間《みけん》に皺《しわ》を寄せ、するりと賢人の手の中から抜け出した。そして意外なほど身軽な動作で、売り場の本棚の上へと飛び乗る。

「ヌフッ」

店主の安眠を妨げるとは何事か。

こちらを見据《みす》える橙《だいだい》色の目には、そんな抗議の気持ちが込められていた。その様子から察するに、危険な状況ではなさそうだ。この店のオーナーに言わせると、ミカンは店主にして、守り神のようなものでもあるそうだから。

何かあれば教えてくれるだろう——そう結論を出して、本棚の上に両手をのばした。

「わかった。もう昼寝の邪魔しないから下りてくれないかな？　いちおう掃除はしてるけど、そこけっこう埃《ほこり》が立つから」

店内に数名いる客の手前、小声で言いながら、モフモフした鋼色の身体《からだ》をつかまえようとする。しかしひらりとかわされてしまった。さながら、おまえの掃除の手間など知るものかと言わんばかり。

「ミカン、頼むよ……っ」

再度手をのばしたところで、磨かれたチョコレート色の床板が、ぎし……ときしむ音がした。そしてくすくすと笑う声。

「追いかけっこ？」

「……結愛《ゆあ》さん」

「こんにちはー。近くまで来たんで」

にっこりと笑って会釈《えしやく》してきたのは、近くの女子大に通う片桐《かたぎり》結愛だった。

以前、ママレード書店で製本サービスを利用したことのある彼女は、大学の演劇サークルに所属している。その目が、何かを探すように、多数の本が並ぶ棚へ向けられた。

「ちょっと訊《き》いてもいい？」

「はい」

「劇団で活躍してる卒業生の先輩から、時間のあるうちに文学作品をたくさん読んでおいた方がいいよって言われたんだけど……、わたしこれまでエンタメ小説ばっかり読んでて、小難しいのって縁がなかったの。どこから手をつければいいのかなぁ、と……」

「でもこの間、実在した公爵《こうしゃく》夫人の本を自分で翻訳《ほんやく》してたじゃないですか」

「あれは先に映画を見てたから内容わかるし、友情とか秘密の恋とかが題材だからおもしろかったし……」

「はぁ……」

　どうやら文学作品＝小難しいと思っているようだ。

　賢人は頭の中で書名目録を引っ張り出しながら軽く笑う。

「有名な文学作品にも、恋愛を描いたおもしろい作品はたくさんありますよ」

「たとえば？」

「そうですね……。初心者かつ女性向けというと、真っ先に思いつくのはジェーン・オースティンの『高慢と偏見』とか」

「タイトルは知ってる。……おもしろい？」

「イギリスの上流階級の恋愛と婚活を描いた作品です。ハッピーエンドですし、公爵夫人の話をおもしろいと感じたなら、向いてると思います」

「なるほどー」

「軽いのがよければ、シェイクスピアの喜劇とか。『十二夜』や『真夏の夜の夢』は完全にラブコメですから読みやすいんじゃないかな。ただ原作は戯曲なので、小説の形になったものの方がいいかもしれません」

「タイトルだけ聞いたことあるなぁ……」

結愛はまたしても「うーん」と本棚の前で悩んでしまう。

「そもそも昔の人って今の人とツボがちがうからなー」

「ツボですか？」

「笑いのツボとか、ときめきのツボとか？　そういうのが共感できるといいんだけど……」

「あのぉ……」

その時、傍《かたわ》らからおずおずとした声がかけられた。

「『ジェーン・エア』はどうでしょう？　シャーロット・ブロンテの。ちょっと長いんですけど……」

見れば、結愛と同じくらいの歳《とし》の若い女性客が、遠慮がちにこちらを見ている。

ロールアップにしたデニムの上にTシャツを着てカーディガンをはおっただけの、おとなしげな格好の女性だった。肩までのボブの髪はあまり手入れされていないのか、下の部分がもっさりと広がってしまっている。

結愛はその相手に向け、笑ってうなずいた。

「『ジェーン・エア』なら高校の時に映画見た。内容わかる！」

すると相手も、人の好《よ》さそうな笑みを浮かべた。

「不幸な生い立ちの女性が貴族に見初《みそ》められるっていう王道ロマンスで、感情移入しやすいから今読んでも普通におもしろいです。ただ、古い作品なんで店頭に置かれているかどうか……」

きょろきょろする女性客に向けて、賢人は自信たっぷりに応じた。

「それならおまかせください」

人気の続く作品にこそ価値を見いだすオーナーの方針のもと、そういった定番の書籍は、棚差しされる商品のラインナップから外されることがない。

文庫売り場に移って探した結果、ほどなく上下巻から成る全二冊の邦訳《ほうやく》を見つけた。

その間に、女性客も結愛と同じ女子大の生徒であることが判明し、授業の話などで盛り上がる。結果、結愛はご機嫌で二冊とも購入していった。

「ありがとうございましたー」

営業用ではない笑顔で彼女を見送ったあと、賢人はまだ店内に留まっていた女性に訊《たず》ねる。

「読書、お好きなんですか？」

「普通です。電車に乗ってる時に読むくらい」

「そうですか。本を読むのが好きな人は、大抵人に薦めるのも好きだから、てっきり……」

「私、ちょっとだけなんですけど学校に行ってなかった時期があって。その時母親が『家にいる間せめて本を読みなさい』って渡してきたのが、『ジェーン・エア』だったんです。中学生の頃。ハラハラする恋愛ドラマがおもしろくて、夢中で読みました」

「いいお母さんですね」

相づちに、彼女はうれしそうに笑う。そしてふと思いついたように、バッグの中からカードケースを取り出した。

「あ、すみません。私、新井《あらい》桃子《ももこ》といいます。実はこういう活動をしてて……」

大学生だというのに、彼女は慣れた手つきで、手製とおぼしき名刺大のカードを差し出してくる。

そこには『NPO法人　学習支援プログラム　かもめクラス』と大きく書かれていた。

十分な学習環境にない子供達の勉強をサポートするボランティアグループ、と説明がついている。

「ボランティアをされてるんですか」

「はい。経済的な理由で高校受験のための塾に行けなかったり、学校の授業についていけないのに放置されてたりする子供達に、無償で勉強を教えています」

「なるほど……」

もう何度もくり返しているのだろう。彼女はすらすらと自分達の活動について話した。

その説明によると、グループの拠点はママレード書店にほど近い町内会館。

通常は学校や受験向けの勉強を教えているが、時々週末に特別な体験講習をやっているのだという。講習といっても堅苦しいものではなく、カルチャースクールのように、みんなで遊びながら学ぶ課外活動的なものとのことで――

「それで今度、『絵本作り講座』をできないかなと考えてまして。ママレード書店の店員さんがプロの絵本作家さんだと聞いて、お願いしに来たんです」

「絵本作り講座……？」

「はい。子供達に絵本の作り方を教えてもらいたいなって。ただ、その……言いにくいんですけど、活動の趣旨《しゅし》に賛同といいますか、ようはボランティアでお願いしたくて……」

「週末っていつですか？」

「日曜日の午後に、二、三時間でかまいません」

「いいですよ。日曜なら定休日ですし、それで絵本作りに興味を持ってもらえたら、僕もうれしいです」

「本当ですか!?」

すんなり応じると、彼女はパッと顔を輝かせた。

「ありがとうございます！」

「ただ、初めての子供が二、三時間で絵本を作れるかどうかはわかりませんけど……」

「そうですか――どうしよう……」

つぶやき、考え込む様子があまりに真剣だったため、ついつい助け船を出してしまう。

「講座を二回に分けてはどうでしょう？　絵や文章を書く日と、製本する日と」

「いいんですか？」

提案に、彼女は飛びつくようにしてうなずいた。

「そうしてもらえると助かります」

「場所は町内会館ですね。そうすると画材その他を運ぶのが……台車を使うかな。近いし」

腕組みをして考えたところで、ふいに背後から声がかかる。

「ここでやればいいじゃないか」

桃子が、レジカウンターの奥から新たに現れた人影を目にして、はわっと息を呑《の》む。

賢人と並ぶ長身に、カジュアルでありながら隙《すき》のないスタイル。一歩動くごとにほのかな香りを漂《ただよ》わせる様は、今日も非の打ち所がなかった。

「先輩。お疲れさまです」

二階でひと仕事終えたあとなのか、愛用のノートパソコンを片手に、馨《かおる》はいつのまにかクッションで寝ていたミカンの頭をなでながら穏やかに続ける。

「うちでやればいい。平台《ひらだい》を片づければスペースが取れるし、いちいち道具を運ぶ手間が省《はぶ》ける——どうです？」

黒目がちの瞳をちらりと流され、明らかに見とれていた桃子は、びくりと肩を揺らした。

「はっ、あの……はいっ——いいと、思います……」

馨は、用はすんだとばかりにレジカウンターの脇をするりと通り抜け、いつものように閲覧《えつらん》コーナーへと向かう。

（相変わらずマイペースな人だ）

彼が何を考えているのかは、賢人にもいまいちつかめない。悪い人でないのは確かだが、正直かなり気まぐれである。

誰ですかあれー!?　と大きく顔に書き、真ん丸な目を向けてくる桃子に向けて、賢人は「当店のオーナーです」とだけ厳《おごそ》かに答えた。

＊

絵本作り講座の日曜日は、それほど間を置かずにやってきた。

ドアに「Closed」のプレートをかけたママレード書店の内部は、普段とはまったく異なる雰囲気に包まれた。

「こんにちはー!　今日はよろしくお願いします!」

昼頃に桃子が元気よく姿を現す。彼女の挨拶《あいさつ》に、一緒にやってきた『かもめクラス』のスタッフと思われる数名が唱和した。大学生や、定年退職したとおぼしき人まで、老若《ろうにゃく》男女《なんにょ》さまざまである。

「わぁ……」

「ここ、中はこんなふうになってたんだ……」

彼らはレトロな店内の内装にひとしきり感心したあと、事前に打ち合わせていた通り、力を合わせて売り場の平台や本棚を移動させ、空いたスペースにカーペットを二枚敷き、その上に折りたたみ式のローテーブルを四つ置いた。そして自分達で持ってきた人数分の画材や道具を、手際よく並べていく。

桃子は今日も、何の変哲もないデニムパンツにTシャツという服装である。ボブの髪を黒いゴムとヘアピンで無理やり束《たば》ねた彼女は、ぺったんこの靴でくるくるとよく動きまわっていた。

準備に一段落ついた頃になって、チリンチリン、と高らかにドアベルが響く。

「お疲れさまでーす。すいません、遅れちゃった〜」

潑剌《はつらつ》とした声と共に顔をのぞかせたのは、桃子と同世代の女性だった。

茶色く染めた長い髪をラフに編み込み、赤い縁のファッショナブルな眼鏡をかけている。襟元《えりもと》にビーズを散りばめたニットワンピースを身につけた姿は、どちらかと言えば飾らないタイプの多いスタッフの中では目立っていた。

「何かすることある？」

バッグと上着とを置きながらの彼女の問いに、賢人の視界の端で桃子が小さく眉根を寄せた。そして相手を見ることなく淡々《たんたん》と返す。

「準備はもうだいたいすんだよ」

しかし女性は気にするでもなく、「あ、ほんと?」と軽く返してきた。

「手伝うつもりだったんだけど、ごめんね。——あ、先生ですか?」

細身の赤い眼鏡をかけた顔が、賢人を振り仰いで笑顔を浮かべる。

「はい。坂下《さかした》といいます。よろしくお願いします」

「どーも! 佳奈《かな》です。吉田《よしだ》佳奈。このお店、めっちゃカッコいいですね!」

「ありがとうございます」

「先生って本物の絵本作家さんなんですよね? わたし小さい頃は絵本好きだったんですよー。最近は全然読んでないんだけど」

「どんな作品が好きなんですか?」

「そうだなぁ……絵がかわいくてー、友達とケンカしたけど仲直り的なほっこりエピソード? が多かったかな。泣かせ系はダメ。ほんとに泣いちゃうから。あははは っ」

佳奈はその後も、この店で扱っている絵本や、最近の売れ筋などの質問を交えつつ、初対面の賢人と無理なく会話を続けた。社交的な性格のようだ。馴《な》れ馴《な》れしくない程度にするすると距離を縮めてくる。

しかし桃子は、話に交じるそぶりも見せずに離れていった。

(あれ……?)

なんだろう。微妙によそよそしさを感じる。

首をひねっているうちに講座の開始時間が近づき、店に子供達が集まり始めた。小学校高学年くらいから中学生まで、年齢はバラバラである。

「佳奈ちゃん！」

子供達は、仲間内でふざけ合いながら、他のスタッフへの挨拶もそこそこに佳奈のところへやってきた。

「やったー、佳奈ちゃんがいるー」

「佳奈ちゃん、これ見て～」

「こらぁ、佳奈先生でしょー？」

「佳奈ちゃん、バッグかわいーー！」

たしなめられても、子供達は一向に耳を貸そうとしない。佳奈の方も本気で注意するでもなく、褒められたバッグを掲げてみせる。

「いいでしょこれ。カレシからもらったのー。ていうか買わせたのー」

「かっこいーー！」

「いいなぁー」

子供達に囲まれて、彼女の周りがたちまちにぎやかしくなる。女の子が多いようだ。

「はーい、みんな座ってー。すぐ始めるよ」

桃子の声に子供達は動き出すが、その際にも佳奈がどのテーブルに座るか、子供達の間で取り合いになった。

「すごい人気ですね、彼女」

賢人が言うと、横にいた年配の男性スタッフは苦笑いを返してくる。

「あぁ、明るくて気さくで、オシャレだし、あとカッコいいカレシがいるもんだから。特に女の子は憧《あこが》れるんでしょう」

「なるほど。理想のお姉さんなんですね」

「もうちょっと責任感を持ってくれれば言うことないんだけどね」

「え?」

「遅刻の常習犯なんですよ、彼女。それに学習時間中にも、勉強そっちのけで子供達としゃべっちゃうし……」

やれやれとばかりにぼやく男性に、別の女性スタッフも言い添える。

「そもそもうちは勉強するための集まりだっていうのに。何かっていうと高そうなアクセサリーをつけてきたり、ブランド物のバッグを持ってきたりするのもねぇ?」

「はぁ……」

どうやら佳奈は、大人のスタッフの中での評判はいまいちのようだ。

「でもまぁ、桃子ちゃんのお友達だからねぇ。あんまりきついことも言えないし……」

「友達——」

「佳奈ちゃんを連れてきたのは桃子ちゃんなの」

女性スタッフの言葉に、ふと桃子と佳奈を見やる。

それにしては、ふたりの間にはどこか硬い空気を感じる。……ような気がした。


絵本作り講座の一日目は、画用紙一枚を見開きとして扱い、数ページの物語を描く作業が行われた。

内容は、自作の話を推奨しつつ、難しければ『桃太郎《ももたろう》』や『白雪姫《しらゆきひめ》』など既存の作品を自己流に表現するのでもいい。

画材は色鉛筆、クレヨン、マーカー、絵の具など、いつも使っているもの。色鉛筆とクレヨンに関しては、こすって色が落ちてしまったり、他の紙に色が移ってしまわないよう、あとで賢人が処理する予定だ。

ちなみに本日、オーナーは外出しており、子供ぎらいの猫店主は本棚の上へ避難している。そして時折、絵本作り講座などという催《もよお》しを、店主たる自分は許可した覚えはない、と言わんばかりの非難がましい目を賢人に向けてきた。

（ごめんよ。でも今日は子供達もそんなに迷惑かけないはずだから……）

実際、小中学生は棚の上で隠れるように身を丸める猫にかまう様子もなく、ローテーブルに向かっていた。初めのうちは慣れない作業にとまどっていたようだが、周りのスタッフの助けもあり、やがてやるべきことをつかんで没頭し始める。

中にはオリジナルの物語作りに挑戦する子もちらほらいた。その中のひとりが佳奈に向けて言う。

「あたしの夢を描くことにする」

小学生くらいの女の子である。佳奈は「いいね！」と明るく応じた。

「どんな夢？」

「お金持ちになる」

「やったね！　わたしの夢でもあるわ、それ。で、どんなきっかけで？」

「んとぉ、道歩いてたら車にひかれてー、ケガしてー」

「いきなり交通事故？」

「相手は高級車でー、社会的地位があるから人身事故はヤバくってー、言葉巧《たく》みにあたしを車に乗せて自宅に連れてくの」

「いやそれ軽く犯罪だから！」

「そしたら着いた家が大きなお屋敷でー、そこにイケメンの優しい息子がいてー、あたしがお父さんを訴えないように『怪我《けが》が治るまでうちにいていいよ』って言ってくれるの」

「息子も片棒担《かつ》ぐんだ……」

「そして一緒に暮らすうちに、イケメンの息子と愛が芽生えて結婚しましたとさ。めでたしめでたし」

「よし！　めでたいかはともかく玉《たま》の輿《こし》だ！」

佳奈の声に、中学生がわっと笑う。

「やっべぇ、超おもしれー！」

「天才じゃん！」

同じ場所で学ぶ仲間意識からか、子供達は、年齢に関係なく仲が良いようだ。一方賢人は、輪の外で少しだけ自信をなくしていた。

（そっか。ああいうのがウケるんだ……）

マーケティングをしつつ、ふと気づく。

作業の間中、桃子は子供達ににこやかに接していたが、一度も佳奈の方を見ようとしない。佳奈も同じである。

やはり友達というには、どうも空気がおかしい。

(ケンカでもしてるのかな……？)

二時間ほどして休憩の時間になると、賢人はお茶をいれるため、アトリエに向かった。

といっても、あらかじめ用意しておいたペットボトルのお茶やジュースを紙コップに入れていくだけだ。作業台の上にトレーを置いたところで、桃子が顔をのぞかせる。

「手伝いますー」

「あ、大丈夫ですよ」

「いえいえ、やらせちゃうわけにはいかないし」

言いながらするりと入ってきた彼女は、トレーに手早く紙コップを並べていった。

「講座、本当にありがとうございます。みんなすごく楽しそう。いつも勉強ばっかりだと息が詰まるし、たまにはこういうのも必要ですね」

「僕も、こういう経験は初めてだけど楽しんでます」

「よかった」

ずらりと並んだ紙コップに、賢人がオレンジジュースを入れていく。

「新井さんはどんなきっかけで『かもめクラス』に参加するようになったんですか？」

「近所の人から誘われたんです。家から近いし、子供も好きだし、いいかなーって思って……。もともと別のところでボランティアをしてたんですけど、そこが活動しなくなっちゃったんで、ちょうどよかったたっていうのもあるかな」

「まだ大学生なのに色々活動されてるんですね」

「はい、楽しいから！　――前にも言いましたけど、中学の時、学校に行けなかった時期があるんです」

紙コップにウーロン茶を注ぎながら、彼女はけろりと言った。

「その時従姉《いとこ》が、自分の参加してる福祉施設でのボランティアに私を連れてってくれたんです。そこで会った大学生や社会人のスタッフ達がすごく優しくて、おもしろくて、色々教えてくれて……そのおかげで自分のいろんな問題を乗り越えることができたんです。だから……自分もそういうふうにできたらって思って」

「なるほど。そして新井さんは佳奈さんを誘ったわけですか。そうやって輪が広がっていくんですね」

まとめようとしたところ、意外にも桃子は首を振った。

「いいえ。佳奈は自分からやりたいって言ってきたんです」

「佳奈さんから？」

少し意外だった。活動に入れ込んでいるふうでもない彼女は、どちらかというとサークル活動や恋愛に興味を持つタイプのように見える。

しかし桃子は「そうなんですよー」と苦笑いで返してきた。

「佳奈とは、小学校から大学までずっと学校がかぶってて。……小学生の時は仲良かったけど、中学の頃から別のグループになって、それっきりだったんです。なのに――何年も話してなかったのに、大学に入って、急にボランティア活動をしたいなんて声をかけてきて」

手元を見つめたまま、桃子は肩をすくめる。

「就活のための点数稼ぎをしたいそうです。自分でそう言ってました。……でも、最終的に活動の力になってくれるのなら、きっかけは何でもいいと思うんです。そう思って連れてきたんですけど――」

その時、売り場の方でチリンチリン……とドアの開く音がした。誰かが来たようだ。

「なかなかね」

語尾をごまかし、彼女は飲み物をのせたトレーを手に取って売り場に戻っていく。賢人も残りのトレーを手にそれに続いた。

出入口を見ると、ガラス張りのドアから男の子が遠慮がちに顔をのぞかせている。

「ひかるくん」

桃子がうれしそうに名前を呼ぶと、男の子はにこりと笑った。

その姿をひと目見て、賢人はあることに気がつく。

まっすぐでさらさらの黒い髪。黒目がちの大きな目。小作りで人形のように整った顔。際立って可愛《かわい》らしい佇《たたず》まいが、どこか美紅《みく》に似ている。

（いや、ちがう。――美紅さんよりも、むしろ……）

店内をきょろきょろと眺めていた男の子は、見つめる賢人に気づくと、ぺこりと頭を下げた。あどけなくも行儀のいい仕草に、「かわいい……！」と、方々《ほうぼう》で声がこぼれる。

店内に入ってくると、男の子は両手をのばし、まっすぐに桃子に向けて走り寄っていった。トレーをローテーブルに置いた彼女も、両腕を広げてそれを迎え入れる。

「ひかるくん、こんにちはー！」

「桃子先生、こんにちはー！」

ぎゅーっとハグし合うふたりに、子供達がたちまちさわぎ始めた。

「あーまたふたりが仲良しだー」

「ひかるくん、あたしもぎゅーってして！」

主に女の子達がはしゃぎ、その場は非常ににぎやかになる。

きょとんと立ち尽くす賢人に、桃子がにこにこ笑いながら言った。

「近くの小学校の子です。三年生のひかるくん」

子供達だけではない。大人のスタッフ達まで、他の子とじゃれ合う少年を目を細めて眺めている。そして来たばかりの彼に飲み物を勧め、あるいは絵本作りの作業について我先に説明を試みていた。恐るべきアイドル性である。

「──名字は？　ひかるくんの名字は何ていうんですか？」

「名字？　高野《たかの》ですけど──」

賢人の問いに、桃子は怪訝《けげん》そうな目を向けてくる。

「そうですか……」

（気のせいかな──）

少年は、美紅よりむしろ馨に、驚くほど似ている。

「ヌゥ……」

という声に本棚の上を見ると、寝ていたはずの店主までもが起き上がり、男の子をじっと見つめていた。

ひかるは、家で昼寝をしていたところ寝過ごしてしまい、遅刻したとのことだった。

今日の講座は半分以上終わってしまったにもかかわらず、彼は果敢にもオリジナルのストーリー作りに挑戦した。


「きみの名前は　ヒカルだよ。

多くの人を照らす　光となりますように」

主人公は、生まれた時にそう言われた懐中電灯。でも今は箱の中にひとつ放置されている。

周りに誰もいないのでは意味のない名前。

誰も呼んでくれない名前。

さみしさを感じたヒカルは、勝手に箱を抜け出して友達を探す旅に出る。


小学三年生の少年は、そんな話をあっという間に作ってしまった。

おまけに起承転結の配分を説明するまでもなく、画用紙にさらさらと絵を描いていく。

それは控えめに評しても幼稚園児レベルだったが、ひとまず彼がひどく頭のいい子であることはまちがいない。

桃子も、ひかるは勉強が必要な子ではないと言った。

「親御さんが仕事で帰宅が遅いらしくて、あの子よく夜の公園でひとりで遊んでたんですよ。だから私が声をかけて『かもめクラス』に引っ張り込んじゃったんです。暗いところで、あんな子がひとりでいるのは危ないから」

当のひかるは作業をしている間、賢人の方に何度かちらちらと視線を向けてきた。けれど特に何を話すでもなく終了の時間が来てしまう。

夕方、子供達が作りかけの絵本を残して去ったあと、スタッフ達は売り場の本棚や平台を元通りにして引き上げていった。

しばらくの後《のち》、真鍮《しんちゆう》製のドアベルが鳴る音にアトリエから顔をのぞかせると、馨が店内に入ってくる。

「おかえりなさい」

「うまくいったのか?」

「はい、おかげさまで。新井さんがお礼を言ってました」

「そうか」

「でも先輩はのんびりできませんでしたね」

「別に。……たぶん、じいさんなら同じことをしただろうし」

　ぽつりと付け加えられたひと言に、ふいの申し出の真意を悟った。

　彼が「じいさん」と呼ぶのは、この洋館の元の持ち主であった曾祖父《そうそふ》である。桃子達にこの場を提供したのは、大らかで優しい人柄であったという、その人の思いを推し量ってのことだったようだ。

　その時、ふと思い出す。

「──そうだ。先輩、高野ひかるくんっていう親戚《しんせき》がいたりしませんか？」

　訊ねると、馨はコートを脱ぎ、マフラーを取りながら首をかしげる。

「親戚？　いや……、男か？」

「はい。先輩にそっくりだったんで、もしかしてと思って。小学校の三年生だから……八歳ですかね」

　その時。

　馨が軽く目を見張ったことに、賢人は気がついた。しかし一拍おいたあと、彼はまっすぐこちらを見ながら静かに訊ねてくる。

「──それがどうかしたのか？」

「……いえ、別に」

踏み込むことを許さない空気に、なんとなく気圧《けお》されて首を振る。と、彼は近まさりする秀麗な顔に淡い笑みを浮かべてくり返した。

「そういう名前の子は知らない」

まるで、ちがう名前なら心当たりがあると言わんばかり。

二階への階段をのぼっていく背中を見送りながら、賢人は馨が昔から筋金入りの秘密主義であることを、久しぶりに思い出していた。

＊

（ここは――居間、かな……？）

白昼夢は、例によってミカンと目が合った際、唐突に始まった。

記憶の主はテーブルについているようだ。

向かいに腰を下ろす、沈んだ顔をした中年の男性に向けて、ぼそぼそと話す。

『大したことじゃないんです……。大声で悪口を言われたりとか、授業中に後ろから椅子《いす》を蹴《け》られたりとか』

（この声は――……）

口調はまだあどけないが、聞き覚えがある。桃子の声だ。

『ノートに落書きされたりとか、体操着を汚されたりとか、廊下で肩を押されたりとか……その程度。でも……その程度でも、毎日続くとだんだんストレスが大きくなってきて……急に、家を出られなくなって……』

と、横の席に座っていた女性が、こちらの肩に手をまわし、守るように身を寄せてくる。

『本当なんです、先生。この子、月曜日に学校に行こうとしたら急にめまいを起こして。家の中にいると何ともないんです。なのに学校に行くために玄関に立つと、真っ青になるんです』

前に座る男性は渋面《じゅうめん》で頭をかいた。

『吉田佳奈と君は、小学校の時は友達だったんだろう？　だからみんな、いじめとまでは考えてなかったみたいなんだ。吉田もいじめてないって言ってる。いじってるだけのつもりだったって。新井が嫌ならもうやめるって約束した。……新井が思ってるほど悪気があったわけじゃないと思うんだけどなぁ』

『悪気は隠せます、先生』

すかさず、桃子の声が応じる。ひどく乾いた冷たい声で、彼女は言った。

『悪気はなかったって言えば、なかったことになります』

「まんがサガシテマス！」

突然降ってきた大声に、賢人は白昼夢と現実との狭間《はざま》で目をしばたたかせた。

「は……、え……？」

ぼんやりしていると、レジカウンターの前にいた大柄な外国人が、大声で片言の日本語を話す。

「オシゴト、オジャマシマス！　まんがドコアリマスカ!?」

「も、申し訳ありません。当店はマンガの取り扱いがなく――」

「ハァッ!?」

「まっ、まんがナイデース！」

「アリガト！」

お礼も大音声《だいおんじょう》だった。ふいの客はその場で身をひるがえし、のしのしと店を出て行く。

ばくばく鳴る心臓を手で押さえながら、それを見送っていると、閲覧コーナーの方でくつくっくっ……と声を殺して笑う気配がする。

賢人は自分でも頬《ほお》が赤らむのを感じながら、むぅとくちびるをとがらせた。

（他人事だと思って！）

だが、謎の外国人客襲来《しゅうらい》の衝撃が去ってみると、先ほどの白昼夢の内容が胸にせまってくる。

桃子はどうやら、いじめのようなものを受けていたようだ。しかも。

（相手は佳奈さんだった……？）

子供達の相手をしていた時の彼女からは、そういった陰湿な顔はまったく想像できない。

が――。

（まぁ僕があれこれ考えるようなことじゃないけど……）

棚の整理でもしようかとハタキを手に取った時、チリンチリンとドアベルが鳴った。

「いらっしゃいませ――あ……」

「こんにちは……」

入ってきて、軽く頭を下げたのは桃子である。とたん、先ほどの記憶を思い出してしまい、軽くうろたえた。

しかし彼女はそんなことを知るよしもなく、笑顔でレジカウンターに近づいてくる。

「ちょっとお願いしたいことがあって。……これ、うちの母のお気に入りの本なんですけど、何度も読み返してるせいでボロボロなんです」

そう言って彼女がカバンの中から取り出して見せたのは、『ジェーン・エア』の文庫本だった。厚みのある本が二冊。どちらもカバーがなく、むき出しの状態である。

「もうすぐ誕生日だし、新しいのを買ってプレゼントしようかなーって考えてたんですけど、ここでの製本サービスについて聞いて、買い直すよりもこれをキレイにする方が喜ぶかもって思って……できますか？」

「ええ――」

賢人はカウンターに置かれた文庫を手に取り、ぱらぱらとページを繰《く》った。

ずいぶん古い本だ。奥付から推測するに、今から三十年近く前に購入されたもののようである。おまけに何度も読み返したせいで、小口《こぐち》の中央部分が黒ずんでおり、表紙は折れて端の方が欠けている。

細かく状態を確かめながら提案した。

「カバーをかけるのはどうでしょう？」

しかし桃子は首を振る。

「そういうの、めんどくさがって全部取っちゃう癖があるんです」

「じゃあ表紙そのものを切り取って、改装してしまいましょうか」

具体的な方法を説明していると、ふいに桃子のスマホが何かの着信を告げた。

カバンの中から引っ張り出し、操作して液晶を眺めた桃子は、ため息をつく。

「……佳奈です。今日は三時から小学生に算数を教える予定だったんですけど、ダメになったって」

スマホをカバンにしまいながら、強い口調で言った。

「ボランティアだからって、こういういい加減なこと、困るんですよね」

静かな店内に、声は思いのほかきつく響き渡る。そのことに彼女自身がハッとしたようで口を押さえた。

「やだな。なんか意地悪な言い方になっちゃった……」

「新井さんは意地悪ではありませんよ」

「いえいえ、なんていうか――ダメだな。佳奈にはどうしても感情的になっちゃう……」

桃子は苦笑して手で顔を覆《おお》う。

「……私、学校に行けなかった時期あるって言ったじゃないですか」

「はい」

「あれ、いじめです。私、中一から中二にかけて一年くらい、佳奈のグループにいじめられてて……。といっても、暴力をふるわれたとかじゃなくて、ずっとマイルドにいやがらせされてた的なものだったんですけど」

「……それで学校に通えなくなったなら、マイルドも何もないと思います」

白昼夢を思い出しながら返すと、彼女は顔を覆っていた手を、ゆっくりと下ろした。

「ありがとうございます――」

そしてカウンターに置かれていた、ぼろぼろの文庫を両手で包み込む。

「『ジェーン・エア』って、恋愛小説だってことの他に、顔も才能もごくごく普通の女性が、強い意志で運命を切り開いていく話じゃないですか」

「そうですね」

「私……ジェーンの魅力って、意志の強さもだけど、自分の幸せを見つけようとする力っていうか、人生に対する姿勢にもあると思うんです。つまり――」

言葉を探すように目線を漂わせる。

「女は結婚するのが当たり前の時代に、仕事を持ってひとりで生きていこうとするし、こうしたいっていう道に進んだ自分に対していつも肯定的《こうてい》なの。そういう心の強さがすごく……カッコいいなぁって」

「僕には、新井さんもそういうふうに見えますけど」

「本当ですか？　うれしい」

化粧っ気のない桃子の顔が、素朴《そぼく》な笑みに輝いた。

「佳奈とのことは、もうだいぶ前のことです。それに……そのおかげで従姉にステキな場所に連れてってもらえて、学校だけがすべてじゃないって思えるようになって、年上の頼れる友達がたくさんできて、私も誰かの力になりたいって考えられるようになった――」

文庫をにぎりしめる手に力がこもる。

「だからもう気にしてません。いつまでも昔のこと引きずってたって仕方ないじゃないですか。前を向いて楽しいこと考える方がずっと建設的だし。他にやらなきゃならないこともたくさんあるし！」

さばさばと言い、彼女は自信に満ちた明るい笑みを浮かべる。

大切なものを得て、些末《さまつ》なものはすべて吹っ切った――そんな桃子の様子には、大きな迷いも、不安も、今のところはほとんどないように見えた。

＊

翌日、本を購入していった客を見送った賢人は、「ヌッ」という、注意をうながすようなミカンの声に、店主用のクッションを見下ろした。

「なに？」

とつぶやいたところで、そこに猫用のカリカリがこぼれているのを見つける。どうやら今の客が、賢人の目を盗んで置いていったようだ。

猫に餌《えさ》をやったつもりだったのだろう。

しかし当のミカンは、自分の寝床《ねどこ》にまかれた異物を迷惑そうに眺め、すぐに片づけるように、というかのごとく「ヌフゥ」と厳かに告げてきた。

（この見た目で、猫じゃないっていう方がいかがなものかと思うけど……）

カリカリをひとつずつつまんで取りのぞいたあと、「もうないね？」と鋼色の猫型貘《ばく》に確かめたところで、またそれが始まった。

（ここんとこ頻繁《ひんぱん》だな……）

頭の中をすぅっと風が通り過ぎる感覚と共に、見たこともない風景が眼前に広がる。

学校の食堂だろうか。

テーブルをはさんだ向かいでは、学生服を着た青年がカレーを食べていた。体育会系なのか、短く整えた髪やまっすぐ前を見る目つきは、ひどく硬派な印象である。

その相手に向けて、この記憶の主はひとりで話をしていた。

『今でこそ意識高い系ですって感じですました顔してるけど、桃子って中学の頃、取り巻きと一緒になってクラスメイトをいじめてたことあるんですよ～』

冗談にはなり得ない事柄を、いとも軽やかに話す、この声は――。

（佳奈さん――……）

『相手の子、しばらく学校に来なくなったんじゃなかったかな？　なんか最近あの子、先輩に近づこうとしてるみたいなんで、余計なことかもしれませんけど、いちおう言っとこうかと思って』

すらすらと吐き出される悪意に、自分が言われているわけでもないのに、胸がひんやりと凍りつく。

しかし向かいに座る青年はちがったようだ。

『逆』

青年は苛立《いらだ》たしげな手つきで残りのカレーをかき集め、自分の口に押し込んだ。

『新井さんが俺に近づいてるんじゃない。俺が彼女に近づいてるんだ』

『……え？』

言葉に詰まる佳奈の視線を断ち切るように、彼は乱暴な仕草で席を立つ。

『俺、親切面《づら》して人の悪口を吹聴《ふいちょう》してまわる人間って信用できない』

軽蔑《けいべつ》を込めた眼差《まなざ》しで言うと、彼は身をひるがえして去っていった。

『――……っ』

しばらくの後、その背中がぐにゃりとゆがむ。

佳奈はこみ上げた涙を隠すようにあわてて下を向いたものの、――じっと見つめたテーブルの上に、やがてぽとりとひとつ雫《しずく》が落ちた。

＊

次の日曜日は二回目の絵本作り講座だった。

お昼近く、そろそろスタッフ達がやってくるかという時間になって、二階から馨がふらりと下りてくる。

「ちょっと出てくる」

「わかりました。……どちらへ？」

好奇心でつい訊ねてしまうと、肩越しに余裕の笑みが返ってきた。

「デート」

「いいですねー。僕もそんな相手が欲しいです」

貼《は》りつけたような笑顔と棒読みで返す賢人が見送る中、馨は笑って出て行く。

(自由人め)

胸の内でつぶやいてしばらくたった頃、桃子が「こんにちはー！」と元気にやってきた。

「こんにちは」

今日も朗《ほが》らかである。彼女の明るさに店内もはなやぐ。

ふたりでできる作業をこなしているうち、他のスタッフも、ひとりまたひとりと到着した。今日は佳奈も遅刻せずにやってくる。

手分けして準備をしている最中に、桃子は大きくあくびをした。横にいた、大学生だという男性スタッフが笑う。

「夜更《よふ》かししたの？」

「昨日、バイトして家に帰ったあとで、ネットで調べ物したのー。そろばんの使い方！」

「そろばん？」

「小学四年生の算数で、来週から始まるみたいなんで、きっと来週はうちもそろばん教室になりそうだなーと思って。私、全っ然覚えてないんだもん」

「あー、オレもダメだわ」

「したらそういう時に限って、途中で他の子から『指定図書の内容が意味不明すぎて読書感想文が書けない』ってメールが来ちゃって……。なんで重なるのー？　って感じだった」

そんな話も、彼女は笑い飛ばすように明るく話す。

「色々やるんですね」

　感心する賢人にうなずいた。

「まぁそうですね。学校の授業でわかんないってことは何でも。でないと授業についていけなくなって、なら学校に行かなくてもいいじゃんってことになっちゃうんです」

　桃子は、子供達の作りかけの絵本をテーブルに置き、表紙を大切そうになでる。

「でもそれ、本当は本人も何とかしたいって思ってることが多いんです。ドロップアウトしたくないって――」

　彼女の、学校に行けなくなってしまった記憶と、嫌がらせを受けていたという告白とを思い出した。

　つらい体験を通して、自分の中に閉じこもってしまうのではなく、乗り越えただけでもなく、こうして人のために一生懸命になる道を選んだ桃子は、本当に強くて優しい心の持ち主だと思う。

　そう感じるのは賢人だけではないようで。

　大学生の男性スタッフは、不自然なほどの勢いで、賢人と桃子との間に割り込んできた。

「読書感想文は、映画化してる作品を選んで、映画だけ見て書いたな。オレ」

「それで原作の小説と映画の内容が全然ちがったせいで、すぐバレて怒られたんでしょ？

その話、もう何度も聞いたよ」

　桃子の返しに、みんなが笑う。

　そんな中、賢人は足りない画材を取りに行こうとアトリエに向かい、レジカウンターの横に座り込んでいる人影に気づいた。

「佳奈さん？」

　呼びかけると、スマホをいじっていた彼女はハッと頭を上げる。

「あ、すいません。邪魔？」

「いえ……」

　膝《ひざ》を抱えてスマホを見つめる姿が、どこか所在なげだった。子供達とは仲の良い彼女だが、大人のスタッフとはいまいちうまくいっていないようだ。

　立ち尽くしていると、佳奈は抱えていた膝の上に顎《あご》を乗せ、スマホを見つめつつ「なんかさぁ……」と力なくつぶやいた。

「いろんなことがうまくいかなくて、彼氏に送ったメッセージはいつまでたっても読んでもらえなくて、友達に出したメッセージは既読がついたまま放置されて、つぶやいても何の反応もない時って、自分がどうでもいい人間みたいに思えてくるよね」

「………」

(――――ええと)

ひどくネガティブな発言に、どう返したものかと少し頭を悩ませる。何かあったのだろうか。

「日曜日だし、みんな忙しいんですよ。僕も友達から来たメールを長時間放置することありますよ」

気にしすぎないように、と。そんな意味合いを込めた返答に、佳奈はこちらを振り仰ぎ、きれいにメイクをした顔で白けたようにほほ笑む。

「だよね。ありがと」

口調だけはすんなりと応じた――その目は、「そうじゃないんだけど」と、はっきりと告げていた。

講座は、前回と同じく盛況だった。

今日は絵と文章を描いた画用紙を製本する作業を行う。

賢人がいつも製作しているような、表紙を別で作って貼りつける上製本は手間と時間がかかるため、今回はふたつ折りの画用紙を重ねて貼りつけた折丁《おりちょう》を、同じく画用紙の表紙ではさむ形の簡易版を作ることにした。

　これならば短時間で簡単に作ることができる。

「絵を描いてある面が内側にくるようにふたつに折ります。ちゃんと角と角を合わせて、きれいに折ってね」

　賢人の声に、みんながいっせいに画用紙のふたつ折りを始める。

　今日までに全員の作品に目を通し、色鉛筆の絵には定着スプレーをかけ、クレヨンの部分にはクッキングシートを敷いた上からアイロンをかけて固めるという裏技で処理をしておいた。そのため、多少こすったり折ったりしても絵がくずれることはない。

「スタッフの皆さん、折った紙のページを順番に重ねて、わの部分を強めに折ってあげてください。爪《つめ》でこすると傷めますので、そこにあるガラスの文鎮《ぶんちん》を使ってくださいねー」

「賢人せんせー」

　あどけない声で言って、自分の作品を見せてくるのは、ひかるである。

「ここ、どうやっても端がきれいにそろわないの」

　彼は、いくつも折丁を重ねたためわずかな凹凸《おうとつ》のできた小口の部分を指でさした。賢人は「大丈夫」と笑顔でうなずく。

「そろわなくてもいいんだよ。あとでやすりをかけてきれいにするから」

「そっか！」

納得した様子のひかるから離れ、他の子のところに行こうとすると、彼はそれを阻《はば》むように袖《そで》を引っ張ってきた。

「ここ、押さえてて？」

示されたのは、別段押さえる必要のない箇所であったものの、大きな目を人なつこくキラキラ輝かせて頼まれると、何となく否《いな》とは言えなくなる。

どうやらこの子は、気に入った人間をあの手この手で自分の傍《そば》に引き留めようとする癖があるようだ。

（ますます先輩に似てるんだよな……）

しみじみと感じながら、ひかるの作業を見守っていると、彼はちらりと目を上げた。

「賢人せんせーは、このお店でひとりで働いてるの？」

「ううん。いつもは猫のミカンも一緒。ミカンはここの店主なんだ」

言いながら、今日も高い本棚の上へ避難している店主をこっそりと指さす。丸めた身体からは、「遺憾《いかん》である。このかしましさは、まったくもって遺憾である」というオーラが終始発されていた。

ひかるは、さらさらの黒髪を揺らして首をかしげる。

「それだけ？」

「あとオーナーがいる。僕の学校の先輩なんだ」

「その人はどこにいるの？」

「今日は出かけちゃった」

「そう……」

うなずいた彼は、しばらくしてぽつりと訊ねた。

「その人、どんな人？」

「どんなって……そうだな。今は人生の休息期間だって言って、毎日のんびり暮らしてる」

「休んでるの？」

ひかるが小さく笑う。賢人はうなずいた。

「少し前まで外国で働いてたんだ。その時死にそうなくらい忙しかったから、疲れちゃったんだって」

「ふぅん。……いい人？」

「うん。一見クールだけど、実は周りをよく見てて、助けが必要な人がいると『別に親切ってわけじゃなくて、たまたまタイミング良く居合わせただけだから。勘ちがいするなよ?』って態度で力を貸す人」

「ツンデレだ」

くすくす笑いながら、ひかるが言う。その時、中学生がけたたましい声を上げた。

「せんせー! 糊《のり》! 糊こぼれたーっ」

賢人はあわててそちらに向かい、倒れた容器を起こして垂れた糊を始末する。製本に使う糊には、納豆のように糸を引く特殊な粘性《ねんせい》があるため、処理が面倒なのだ。

「大丈夫ですか?」

糊の一部は、桃子の手にもついていた。彼女は自分の作品を隠すようにして、糊で汚れた手をぬぐう。

「平気です」

「絵本も無事ですか?」

「はい、こっちにはつかなかったから」

「よかった」

賢人の声に、周りの小学生達が「つまんないの!」と笑う。

「桃子先生が手を離したら、絵本見れたのに~」

そんなブーイングに、桃子は「こぉら!」とやわらかく抗議した。

彼女は前回、オリジナルのストーリー作りに挑み、いとも簡単にひとつの話を作ってしまった。しかし、子供達がどんなにねだっても、恥ずかしいからと言って決して中身を見せなかったのである。

そうこうしているうちに、今度は佳奈の近くにいた子供が、糊をつけている場所をまちがえたと騒ぎ始める。

お互い周囲とは楽しげに話しているというのに、桃子と佳奈は、今日も言葉を交わす様子がなかった。

＊

翌日、賢人は閉店後に、糊を乾かして完成させた絵本をすべてダンボールに詰め、町内会館を訪ねた。

初めて足を踏み入れる『かもめクラス』の活動場所は、小学校の教室ふたつ分くらいの部屋に、折りたたみ式の長机を並べ、そこにパイプ椅子を置いたものだった。

部屋の手前側の席が小学生、奥の方の席は中学生と分かれているようだ。そして席に着く子供達の傍に、それぞれ大人のスタッフがついている。

長机から離れたところで、本を読んだり、ゲーム機をいじっている子供もちらほらいた。勉強をするかしないかは、自主性にまかされているようだ。

「すみませーん」

遠慮がちに入っていくと、壁に寄りかかって本を読んでいた子供が弾《はじ》けるように顔を上げる。

「あっ、賢人せんせー」

ひかるである。人なつこい彼は、本をその場においてパタパタと駆け寄ってきた。小さな影が、抱えたダンボールの死角に入ってしまうのを目にして、賢人は足を止める。

「わっ、これ置くまで待って。危ないよ」

そんなやり取りが耳に入ったのか、長机について勉強を見ていた男子学生のスタッフが、パイプ椅子から立ち上がった。

「あ、絵本ですか？　ひとまずそこに置いてください。今桃ちゃん呼んできます」

お願いします、と返す前に部屋から出て行ったスタッフに向けて小さく頭を下げ、賢人はダンボールを足元に置く。

「ひかるくんは勉強しなくていいの？」

「うん。ボクは必要ないんだ」

あっさりとうなずく様子から、他の場所でやっているから、という答えが言外に伝わってくる。

そういえば桃子も、ひかるに関しては夜にひとりでふらふらしてるから保護しただけ、と言っていた気がする。

そんなことを考えている間に、ひかるは置かれたばかりのダンボールをごそごそと漁《あさ》っていた。てっきり自分の本を探しているのかと思いきや――

「桃子先生の本、ある？」

無邪気な問いに、賢人は首を振る。

「新井さんは、作った絵本を人に見られるのが恥ずかしいって、自分で持って帰ったんだ」

と、少年はつまらなそうにダンボールから離れる。

「なんだぁ……」

「そうでなくても、人のものを勝手にいじっちゃダメだよ」

言いながら、手をのばしてつやつやの黒髪をなでた。ひかるはうれしそうにくすくす笑う。

桃子によると、彼は女性スタッフによくハグをねだるという。相当な甘えん坊であるようだ。

「――あの人、戻ってこないね」

しばらくして部屋を見まわした賢人は、ようやくその場の雰囲気が、なんとはなしに緊張したものであることに気づいた。

「何かあったの?」

「うん」

ひかるが、すとんとうなずく。しかし話を聞く前に先ほどの男子学生が戻ってきた。

「すいません。桃ちゃん今取り込み中で」

「取り込み中?」

訊き返すと、大学生は声を潜める。

「さっき、近くの小学校から苦情の電話が来たんですよ。その学校のテストで、何人かがカンニングをしたらしいんです。見つかった生徒は全員ここに通ってる子で、おまけにここでやり方を教わったなんて言ったみたいで」

そこで言葉を切り、彼は眉根に皺を寄せた。

「犯人は佳奈ちゃんだって」

「え?」

「それと――どうも彼女、他のスタッフのいないところで子供達にこっそりお菓子やお小遣いをあげてたみたいなんです。やたら懐かれてると思ったら、そういうことかっていう……」

「そんな……」

「物やお金で人気を取ってたんですよ。今桃ちゃんが話を聞いてるとこで――」

言いかけたその声に、バタン、と廊下の方で乱暴にドアを閉める音が重なる。足音はこの部屋の前を通り過ぎ、まっすぐに町内会館の玄関に向かった。

賢人はつい気になってしまい、廊下に出て玄関まで追いかける。と、コートをはおってバッグを持った佳奈が、上がりかまちに座ってブーツを履いているところだった。

「佳奈さん――」

呼びかけると、彼女はこちらを少しだけ振り返る。そしてほとんど表情のない顔で、目を伏せて言った。

「辞める。バイバイ」

＊

気がつくと、賢人は佳奈を目の前にしていた。例によって白昼夢である。

（ミカン。ちょっと食べ過ぎじゃないか？）

そこはかとなくそんな心配をしつつ周りに目を向ければ、見覚えのある景色は町内会館の内部。そこで佳奈は記憶の主に向けて訴えてきた。

『わたしは、自分が小学生の時カンニングしたって話をしただけ。やれなんて言ってない！』

『やり方まで話せば、子供達が真似《まね》するかもって考えなかったの？』

応じる声から、これが桃子の記憶だとわかった。おまけに場面から察するに、昨日の出来事だろう。

あきれたように応じる桃子に、佳奈は不安げな面持ちで食い下がる。

『ごめん。もう……やらないから……』

『ちがうよ、佳奈。……もうここに来るの、遠慮してほしい。それがみんなの意見なの』

『……いや』

『佳奈』

『やだよ。わたしまだ始めたばっかなのに』

懇願《こんがん》する佳奈の反応は、桃子にとって意外だったのだろう。

しばらくして、桃子は自分のトートバッグの中から何かを取り出した。

（――あ……っ）

それは講座で作った、彼女の絵本だった。

『これ……あんまり内容が黒いんで、どっかで燃やして捨てちゃおうって思ったんだけど』

桃子の言葉に、佳奈はとまどうように差し出されたものを受け取る。そして開いて目を通し――読み進めるうちに、その顔色はみるみる青ざめていった。

『佳奈は気づいてなかったでしょ？』

桃子が、びっくりするほど冷たい声で言う。

『私はちゃんと気づいてたよ』


「あっ、猫！　見て、かわいー」

「ほんとだー、モフモフ！　かわいい〜っ」

レジカウンターの前に立つ女子高生達の騒ぐ声で、我に返った。

いつものクッションの上に身を丸めるミカンは、四人もの女の子達にさわがれて、まんざらでもなさそうな顔である。写真を撮るためスマホを向けられると、さりげなく橙《だいだい》色の蝶《ちょう》ネクタイを見せるポーズまで取ったりもした。

とはいえ四方からのびてきた手になでられると、「ヌフゥ……」とうっとうしそうにうなり、高いところへ逃げていく。女子高生達から残念そうな声がもれた。

「あーあ、行っちゃった……」

つぶやきながら、ひとりがカウンター上に手にしていた書籍を置く。

「すいません、これくださ――」

その目が、賢人のエプロンの一点に釘付《くぎづ》けになった。他の三人も、つられたようにのぞきこんでくる。

(ん?)

賢人もまた四人の視線を追って、自分のエプロンを見下ろした。すると、ポケットから新書サイズの本が頭をのぞかせていることに気がついた。

引っ張り出したところ、タイトルは『恋愛入門　初心者のための出会いの見つけ方と関係の深め方』。

(――――!?)

え、何これ知らない。自分が入れたものじゃない。たぶん白昼夢でぼんやりしてる間に誰かが入れたにちがいない。

内心の弁解も虚《むな》しく、女子高生達の目は本のタイトルから離れ、ゆっくりと賢人の顔へ移動してくる。

（だからちがいますから……！）

と、わざわざ口にするのも怪しい。

賢人はひとまず本をそっとレジ脇に置き、何事もなかったかのように会計をした。

女の子達はそのまま静かに店を去り、ガラス張りのドアを開けて外に出るや、弾けたように笑い出す。

「ほんとに僕が読んでたわけじゃないんだけど……っ」

照れ隠しにぶつぶつ言いながら棚に戻しに行くと、閲覧コーナーにいた馨が声をかけてきた。

「あ、それ俺が入れた」

「えっ」

「頼んだ覚えのない本だったから」

「……おかげで僕はちょっとした誤解に大変気まずい思いをしました」

もそもそ言うと、相手はニヤニヤと笑う。

「さすがにあんな展開までねらったわけじゃないけど、図ったようなタイミングだったな」

「もーいいです。……たぶん手ちがいで注文したんだと思います。返品しておきます」

ぱらぱらと中身を見ながら、賢人はふと思いついて訊ねた。

「そういえば、この間のデートって誰と？」

「気になるか？」

「秘密にされたら余計気になります」

「女友達が、海外赴任の前にマンションを売りたいから見に来ないかってしつこくて」

「……へぇ」

お金持ちの友達は、やはりお金持ちときた。

「仕方ないから一度だけつき合ったんだ。山下《やました》公園と海を見下ろす高級レジデンス」

「スゴイデスネー」

「買ったら貸してやろうか」

「いやですよ。近所づき合いが大変そうなの目に見えてますし」

にべもなく断ると、馨は声を立てて笑う。とそこへ。

チリンチリンとドアベルを鳴らして、桃子がやってきた。

「いらっしゃいませー」

「こんにちは」

よそ行きの声で言い、桃子は閲覧コーナーにいる馨の方をちらちらとうかがいながら、レジカウンターに向かった。

「注文していた本ができたって聞いたので――」

「はい。ただいま」

手にしていた本を適当に棚に差し、賢人もカウンターに戻る。レジ下の棚から二冊の文庫を取り出すと、桃子は小さく頭を下げてきた。

「絵本作り講座では本当にお世話になりました。自分で本を作ったってことに、みんなすごく喜んでて」

「いえ、少しでもお役にたててよかったです。――これ」

「わぁ、本当にきれいになった……」

ボロボロだった文庫から表紙だけをきれいにはがし、やわらかい台紙にシックな柄のファンシーペーパーを貼った新たな表紙を、見返しと共に取り付けた。結果として装丁が一新された上、従来の文庫本のように中身と共に表紙をしならせて読むこともできる。

小口にはヤスリをかけたため、黒っぽい汚れも落ちた。

「ありがとうございます。予想以上……」

新品のようにぴかぴかになった文庫を、桃子はうれしそうに手に取る。しかし、ぱらぱらとページを繰る様は、満足そうでありながらどこか元気がない。その原因は、支払いをすませたあとで、肩にしょっていたトートバッグに文庫本をしまおうとした時に判明した。

ふと手を止めた桃子は、トートバッグの中にあるものをしばらく見つめ、やがてぽつりとつぶやく。

「……佳奈に、もう来ないでって言っちゃった」

「――……」

「そしたらすぐに出て行っちゃいました。彼女の中で『かもめクラス』の活動はその程度だったんです」

「――あっ」

「え？」

「い、いえ、……何でもありません……っ」

何とかごまかしたものの、先ほど目にした白昼夢を思い出し、内心あわてた。

ミカンが夢と共に食べた記憶は、本人の中から失われてしまう。つまり桃子は、佳奈へ『かもめクラス』に来ないよう求めたやり取りを、一部とはいえ忘れてしまっているようだ。

（どうしよう――）

白昼夢をよく思い返す。

桃子は佳奈のしたことを責め、今後は『かもめクラス』に来るのをひかえるよう告げた。それに対し、佳奈は懸命に食い下がっていた。桃子はそんな相手に自分の作った絵本を渡した――自分が目にしたのはそこまでだ。

『来ないでって言っちゃった』と彼女が言う記憶とは、その前後のことだろう。そのため懇願する彼女を覚えてないのだ。

考えていると、桃子はトートバッグを抱え、難しい顔でこぼした。

「同じ学校だったから、不登校のあとも佳奈を見かけることは何度かあったけど、佳奈はいつも目立つグループにいて、私のことなんか眼中にないって感じでした。四年以上そんな状態だったから、正直大学でいきなり声をかけられた時は、彼女との間にあったこととか、すっかり忘れてたんです」

彼女は訴えるように顔を上げた。

「佳奈を『かもめクラス』に連れてきたのは、彼女もこういう世界を知れば、何か変わるんじゃないかって思ったからでした」

こんな結果を望んでいたわけではないと、その瞳が告げてくる。一方で白昼夢の中の桃子の言動は、意外なほど冷ややかだった。

そのことを思い返し、慎重に切り出す。

「……佳奈さんがわざわざ『かもめクラス』に参加しようとしたことには、就活以外にも何か理由があったのではないでしょうか」

「それは……私も考えたけど、思いつかなくて――」

「新井さんに謝罪したかったとか……」

「ないですね」

ごくごく淡白にして、きっぱりとした答えが返ってきた。

「佳奈にとって、今も昔も、悪いのは私なんです」

そう言うと、桃子は抱えていたトートバッグの中から絵本を取り出す。講座の際に作った、あの本だ。

「処分しようと思って持ち歩いてるんですけど、なかなか踏ん切りがつかなくて……」

彼女は少し迷うそぶりながらも、手にした絵本を差し出してきた。

「……これを見せるのは、坂下さんが初めてです」

言ってから、ふと何かを考えるような様子を見せる。しかしそれだけだった。

受け取った絵本は、絵の具も何も使わず、黒のマーカーだけで描かれている。

色のない本は、落書きのようにシンプルな絵でありながら、訴えたいことが強く伝わってくるものだった。

主人公はエンヴィという女の子。エンヴィの家の隣には、同じ歳の女の子『彼女』が住んでいる。

『彼女』は特別美人でもない、地味な子。なのに毎日楽しそうに暮らしている。

エンヴィはそれがおもしろくない。

自分はこんなにかわいくて、友達もたくさんいて、男の子にもモテるのに。なんでか『彼女』が視界に入るたびにモヤモヤする。

気に食わなくて、いじめてみた。毎日毎日ずっといじめてみた。『彼女』はしばらくの間、元気がなかったけど、ある日また元気になった。

なんで？　どうして『彼女』は平気な顔をしていられるの？

『彼女』が、エンヴィのことなんか気にしていないって顔でいるのを見ると、余計にイライラする。自分が優位であることを示したくてたまらなくなる。

理由なんかない。『彼女』が自分より幸せそうなのが許せない！

……物語はそこで終わっていた。オチはない。

エンヴィは英語で『嫉妬《しっと》』を示す言葉だ。言うまでもなく、桃子の目から見た佳奈の姿だろう。

(新井さんの目線も、けっこう厳しいな……)

佳奈が過去、桃子に対してしたことは許されない。けれど……現在ふたりの関係がどこかこんがらがってしまっているのは、さらにもうひとつ原因があるようだ。

そして賢人の見る限り、それはおそらく桃子の側にある。しかし肝心の正体についてはよくわからなかった。

(なんだろう……)

桃子はとても性格のいい人間だ。グチや人の悪口を言わないし、いつも前向きな頑張り屋である。

そんな彼女が、何を抱えているというのだろう?

絵本と、憂《うれ》いに染まった彼女の顔とを見比べて、賢人は首をひねった。

「はぁ!? ヤな過去なんか、そうそう簡単に水に流せるかっつーの。人間の頭はトイレじゃないんだから！」

話を聞いた美紅の反応は、至極明快なものだった。まるで頭の中に清々《すがすが》しい風が吹いたような気分だ。

はっきりと言い渡された言葉のおかげで、考えすぎて行き詰まる様子だった桃子のモヤモヤの正体に思い至る。

（そうだ。何で思いつかなかったんだろう？　当然じゃないか――）

女性の気持ちは女性の方がわかるかと、詳細を伏せて相談してみたわけだが、それ以前の問題だった。

「そうですよね。忘れようと決めたからといって、忘れられるものじゃありませんよね」

うんうんとうなずきながら、すっきりした心地で笑いかける。

「美紅さんに相談してよかった」

いつものごとく、美紅は閉店の時間を見計らってやってきた。他に客もいないため、閲覧コーナーの椅子にくつろぎきった態度で腰を下ろし、閉店作業にいそしむ賢人を見るともなしに眺めながら、スマホをいじっている。

レジ締めを終え、返品本を棚から引き抜きつつレイアウトを整えていると、彼女はむっつりと返してきた。

「——ちゃん」

「え？」

「これからアタシのことは『美紅ちゃん』って呼ぶこと。いい？」

「……はい」

唐突な要請を不思議に思いながらも、ひとまず素直にうなずいておく。

「そもそもアタシの方が年下なのに、なんでさん付けなの？」

「先輩の親戚ですから。あの人、いちおう僕の雇い主なんです」

「心底どうでもいいわ」

「それに、大人扱いした方がいいかと思って」

「……その気持ちはうれしいけど、なんか他人行儀でヤなのよね」

勝手なことを言うと、彼女はスマホをしまって目の前のテーブルに頬杖をつき、手の込んだメイクに彩《いろど》られた大きな目を、じっとこちらに向けてきた。

「とりあえず練習。呼んでみて」

「…………え？」

「え、じゃないよ。『美紅ちゃん』。さん、はい——」

うながされ、つい応じてしまう。

「み、美紅、ちゃん……?」

「なんでそうぎこちないの?」

「何もないのに名前を呼ぶなんて変じゃないですか」

「練習しとかないと、絶対また呼びまちがえるよ。ほら、もう一回。さん、はい」

「美紅ちゃん。……これでいいですか?」

先ほどよりも普通に言うと、彼女は「ふふふ」と満足げに笑った。イタズラっぽい目が、キラキラと輝いている。

「何もないのに名前呼ぶなんて恋人同士みたいだねー」

「またそうやって……」

彼女はいつも、こうして賢人をからかってくる。

とてもきれいなこの少女は、自分の魅力が相手にどのような影響を与えるか、よく心得ているようだった。そして時折、気まぐれに翻弄《ほんろう》しにかかってくるのだ。

意味ありげな言葉や眼差しを軽く流して、賢人は作業を進めた。返品するかどうか迷う本を棚から抜き、レジカウンターに持っていくと、惰眠《だみん》を貪《むさぼ》る店主の目の前に積み上げる。

「ミカン。ここらへんはどうしよう?」

眠そうなまぶたを持ち上げた店主が「フヌ……」と選別する、その結果は意外に参考になった。残すように指示された本は、あとで客が手に取ることが多いのだ。……買うかどうかは別として。

　残す本を手に書架に向かい、元の場所に差していると、ふいに傍らで美紅の声が響いた。

「大きな手」

「――……っ」

　突然のことに、肩がびくりと跳ねる。美紅は目をぱちくりさせた。

「なに？」

「……いると思わなかったので。驚かさないでください」

「一、二、三……七冊？　いっぺんに持っちゃうんだ？　すごーい」

「書店員としては普通です。もっとすごい人もいますよ」

「ふぅん」

　何が楽しいのか、彼女は傍らに立ったまま棚差しの作業を眺める。ややあって、ふいに切り出してきた。

「……さっきの、ふたりの女の子の話だけどさ」

「はい」

「昔いじめた側の子って、実はさみしいんじゃないかな」

「え？」

「……誰かと強くつながりたいって気持ちが、中学生の時は変な形で出ちゃったんじゃないかな？　大学生になって、もう一回やり直したいって思って、でもどうすればいいのかわかんないとか」

「……どうでしょう。美紅さ――」

言いかけた瞬間、当人にぎろりとにらまれ、あわてて言い直す。

「美紅ちゃんはそう感じるんですか？」

佳奈がこだわっていたのは『かもめクラス』の活動というよりも、桃子自身だったと？

考えていると、美紅は書架に並んだ本の背を、なにげない手つきでなでた。

「うちさぁ、父親は弁護士で母親は医者なんだよね」

「――そうだったんですか」

お嬢様だろうとは思ってたけど、本当にそうだった。

軽い衝撃を感じつつうなずくと、彼女は本の背を見つめたまま言った。

「両親とも仕事で忙しかったから、小学生の時とかすごかったよ。学校のあとは一日に三つ習い事をはしごする感じで、夜までびっしり予定が埋まってるの。お弁当と車と付き添い人付きだから安全だったし、特に苦労もなかったけど。家族でのんびり団らんするって、なかったなー……」

「僕には想像つきませんが……、それは大変でしたね」

何もすることがないのも考えものだが、予定を詰めすぎるのもしんどそうだ。

何より、そんなにも長い時間をひとりで過ごすというのは――

見下ろしていると、美紅はこちらを振り仰いだ。

「親に愛されてないなんて思わない。仕方がないのもわかる。それでも……心の隙間が埋まるわけじゃないよね」

「――……」

「さみしさは人をゆがめるよ。……アタシ、知ってる」

＊

佳奈が『かもめクラス』を辞めたいとは思っていなかったことを、桃子は忘れてしまっている。その記憶だけは返さなければならない。

その日の夜、賢人はアトリエにこもり、桃子の絵本を思い出しながら白紙に鉛筆でラフ画を描いた。

桃子は、佳奈が『かもめクラス』を自分から辞めたと思っている。にもかかわらず罪悪感めいたものを覚えているのは、彼女の心の中に、何かしらいつもの自分に反するものがあるということではないか……？

そんな問いを込めて、話を考える。

やがて作業台に用紙を置くと、桃子の絵本と同じく黒のマーカーを一本取り、フリーハンドで描き始めた。

――エンヴィと『彼女』の話の続きを。

成長したふたりは同じサークルに入る。明るくて仕事のできる『彼女』は、役職をまかされる人気者に。

ルールを守れないエンヴィは、いまいち仲間に入れない。

そんなある日、エンヴィは大きな失敗をしてしまう。

「ごめん。もうやらないから」と言うエンヴィに、『彼女』は首を振る。

「もう遠慮してほしい。それがみんなの意見なの」

「いや。わたしまだ始めたばっかりなのに……」

残りたいと懇願するエンヴィに、『彼女』は一冊のノートを見せる。それは子供の頃のエンヴィの仕打ちをすべて書きとめたノートだった。

長い長いノートの中身を読んで、エンヴィはあきらめて去っていく。

でも『彼女』の気持ちはすっきりしない。

なぜなら最終的にエンヴィを追い出したのは、自分の悪意だったから。

ずっと気にしないで、忘れたふりをしていただけなのかもしれない。

自分は、本当はエンヴィの過去の仕打ちにものすごく怒っていたのかもしれない。

過去のことを書き連ねたノートを彼女に見せたのは、自分なりの怒りの吐き出し方だったのかもしれない……。

悪い気持ちを見ないふりで過ごしてきたことに気づいた『彼女』は、ある日エンヴィを訪ねる。

優しい、いい人と言われるたび、ちくりと胸を刺す痛みを、無視することができなくなったのだ――


物語はここまでにした。

結末は書かない。この物語のラストを描くのは桃子自身だから。

……とはいえ。

「怒るかな？　やめた方がいいと思う？」

作ったはいいものの、内容的に本人に渡すことを考えるとなかなか勇気がいる。

翌日。完成した絵本をカウンターに置いて見下ろしながら、傍らで昼寝をするミカンに相談すると、店主は「ヌゥ」と威厳のある顔で鳴いた。

（迷うならなぜ作った？）

とでも言うかのような眼差し。賢人は鋼色の毛並みをそっとなでた。

「ミカンが食べちゃった記憶の中で、どうしても返さなきゃならないものがあったから」

「フヌ」

「うーん。踏み込みすぎかな？　もっとちがう話にしようか――。……よし、こうしよう」

ひとりで悩み、独り言をつぶやいた末に、ようやく心を決める。

「今日中に新井さんが来店したら渡す。来なかったら今夜作り直す」

と、全力で運を天にまかせたとたん。

「なう」とミカンが変な声で鳴き、チリンチリンとドアベルが鳴った。

「こんにちはー」

明るい笑顔の桃子が、ひょっこりと現れる。

賢人は立ち尽くし、ミカンは「くわ……」と大きなあくびをした。

*

数日後、閉店作業も終わり、本業である絵本作家としての仕事を進めるべくアトリエにこもろうとしたところで、店の電話が鳴った。

受話器を取ると、相手は切羽詰まった口調でまくしたててくる。

『新井桃子です！　すみません。変なこと聞きますけど、最近佳奈に会いました？』

「え？」

『もし話をしてたら教えてほしいことがあって――。佳奈がよく行く場所とか、あるいは話してて何か変な感じがなかったかとか……っ』

「あの、……話がよく見えないんですけど、佳奈さんとは町内会館にお邪魔した時に会ったのが最後です。……何かあったんですか？」

訊き返すと、彼女は間髪を容れずに『はい』と応じた。

『今日、ひかるくんが遊びに来るって言ってたのに来なかったから、気になってメールを送ってみたんです。そうしたら佳奈と一緒にいるって返事が来て――』

「はぁ――」

もう『かもめクラス』と関係を絶ったはずの佳奈が、どのような経緯でひかると会ったのだろう？

そんな疑問が脳裏をよぎる。

『それで私、今どこにいるのか訊いてみたんですけど、佳奈が教えちゃダメって言ってるっていう返信があって、そのあと電源を切っちゃったみたいなんです。電話してもつながらなくて……っ』

桃子は今にも泣きそうな声で説明した。ひどく焦った様子がうかがえる。

『もちろん佳奈とも連絡が取れないんです。もしかしたらひかるくん、佳奈に連れていかれたのかもしれない……！』

「は……？」

（いやいやいや。待て。そんなはず――）

彼女のパニックに引きずられないよう、賢人は意識して自分を落ち着かせた。

犯罪のように決めつけるのは早い。

（佳奈さんに悪意があるとは限らない。たまたま会って一緒に行動してるだけかもしれないし。……でも場所を教えちゃダメっていうのは何でだろう……？）

首をひねっていると、急《せ》かすように桃子が訊ねてくる。

『どうしよう。警察に電話した方がいいと思いますか?』

「落ち着いてください。僕じゃなくて、ひかるくんの家族に訊くべきです」

『電話しました! いざという時のために、ひかるくんにも「かもめクラス」の登録カードを書いてもらってましたから。でも住所も電話番号も、学校も、全部デタラメだったんです!』

「えっ……!?」

思いがけない展開に、つい大きな声を出してしまった。

「じゃあ今……ひかるくんのご両親とは連絡が取れない状態なんですか?」

訊ねながら時計を確認する。夜の九時——もちろん外はもう暗い。

佳奈が子供に何かするとは思えないが、今の状況では、未成年者を連れまわしていると言われても仕方がない。……と考えた時。

「どうかしたのか?」

先ほどの声が耳に入ったのか、二階にいたはずの馨が下りてきた。

(助かった……!)

そんな思いでうなずき、かくかくしかじかと事情を話すと、馨は顔をしかめてひとつ嘆《たん》息《そく》した。

「ちょっと待ってろ」

そう言いおくや、彼は二階へ上がり、ほどなく話し声が聞こえてくる。どうやらどこかに電話しているようだ。

そのまま待つこと数分。車のキーを片手に下りてきた彼は、こともなげに言った。

「居場所がわかった。山下町《やましたちょう》にあるファミレスだ」

「えっ、どうやって？」

「とにかく行くぞ」

「は、はい――もしもし、新井さん？」

聞いた情報を彼女に伝えている間に、馨はすぐ近くにある駐車場に向かう。

「わ、待ってください……っ」

エプロンを外し、あわててついていきながら胸中で首をかしげた。

本来、馨は人の事情に深くかかわろうとするタイプではない。今の行動は、明らかに通常の親切の範囲を超えている……ような……？

困惑しきりの気持ちを抱えて車の助手席に乗り込むと、馨は運転席に収まってから放り出すように言った。

「子供用のケータイなら電源を切っていても居場所の特定が可能だ。……管理権限のある人間には」

「……そういう人とお知り合いなんですか？」

「あぁ。……住所や電話番号だけじゃない。高野ひかるって名前も嘘《うそ》だ」

「え？」

「俺によく似た小学三年生の男の子。——本名は篠宮暁《しのみやひかる》。弟だ」

「————」

無造作《むぞうさ》に言い放たれた言葉の意味が、頭に浸透するまでに時間を要する。その上で、ばかばかしいと思いつつも、つい訊き返してしまった。

「——誰の……？」

案の定、ごくごく冷たい視線が返ってくる。

「俺の」

「ええぇっ⁉」

泡を食って応じると、馨はうるさそうに顔をしかめた。

「暁が生まれた時、俺はすでに家を追い出されていた。以来一度も帰ってないから、当然暁とも会ったことはない」

「はぁ……。だから知らないなんて言ったんですか？」

「いや」

右折をしながら、彼はおもしろくもなさそうに言う。

「暁は周りから、俺にはかかわるなと言われてるはずだ。仮に会ったなんて話が広がると、お互いにとってうっとうしい事態になる」

なるほど。それで関係ないふりをしたわけか。

「じゃあ絵本作り講座の時に二回とも出かけてたのも？」

「一度目は偶然。二度目は……そうだな。故意に避けた」

「……言いそびれてましたけど暁くん、先輩について訊いてきましたよ。今考えると、きっとお兄さんのことを知りたかったんですね」

講座の途中で、さりげなさを装って訊ねてきた少年の気持ちに、今になって気づく。もっと色々と教えてあげればよかった。

しかし当の兄は、そっけなく切り捨てた。

「ダメと言われるとやりたくなるのは、うちの家系だ」

困ったものだと言いたげに眉根に皺を寄せる。しかしそういう輩こそ、思い起こせば昔は校則どころか常識から外れた悪ふざけをくり返し、よく騒動を巻き起こしていた。

「家系だったんですか、あれ」

「それより世話係は何をやってるんだ。毎回毎回こんなに簡単に脱走を許すなんて……」

美紅といい、お世話係がいるのが当たり前なんだな……と頭の片隅で考えながら、賢人は肩をすくめる。

「そうはいっても。まさか八歳の子供が、夜に家を抜け出して遊びに行くとは考えませんよね、普通」

緊迫感に欠けた会話を続けるうち、目的のファミレスに到着した。

広い駐車場は空いていたため、適当に車を停《と》めて店に入る。出入口で店内を見まわしたところ、探すまでもなくふたりを見つけた。

暁と佳奈は、よくある六人がけのボックス席で、テーブルをはさんで向かい合っている。佳奈は泣いているようだ。

とびきり目を引く子供と、その前で涙ながらに話をする女子大生の組み合わせは、おそらく本人達が思っている以上に目立っていた。

「佳奈さん、暁くん」

声をかけると、ふたりは弾かれたように顔を上げた。

「賢人せんせー――と、……」

笑顔を浮かべた暁は、賢人の後ろから姿を見せた馨を目にして、顔をこわばらせる。

「…………ごめんなさい」

「だれ？」

きょろきょろとふたりを見比べる佳奈に、馨は静かに応じた。

「身内です」

暁は身を縮こめる。

「抜け出してごめんなさい」

「あのな、……」

「ごめんなさい」

「暁――」

「良くないことってわかってたけど、ごめんなさい」

黒目がちの大きな瞳を不安げに揺らし、暁はすがるようにくり返した。

真摯《しんし》な反省を見せる謝罪の連続に、きちんと注意しなければと固まっていた賢人の決意は「まぁそこまで反省してるなら……」という方向に、ほろほろとくずれていく。

しかし馨はものともしなかった。

「本当に悪いと思ってるなら、今すぐ帰るぞ」

冷静な反応に、晄はイタズラの見つかった子供のように、ばつの悪そうな笑みを見せる。

「イヤ。あとちょっとだけ」

「ちょっとって?」

賢人の問いに、少年は目線でテーブルの向かいを示した。

「佳奈ちゃんの話を聞くの。佳奈ちゃんはずっと、桃子先生がうらやましかったんだって」

幸い通路をはさんだ隣のテーブルが空いていたため、賢人と馨はそこに腰を下ろす。

晄の説明によると、佳奈は小さな頃から桃子にコンプレックスを持っていた、ということだった。

桃子は一軒家に住み、家にはいつも母親がいた。またピアノを持ち、ピアノ教室に通っていた。

ひるがえって佳奈は、離婚した母親とふたりでアパートに住んでいた。母は仕事で家を空けがちで、習い事もしたことがない。

学校での佳奈は、表面上は誰とでもうまく群れるものの、深くつき合うような友達は持てず、クラスが変わればそれっきりだった。彼氏ができても長続きせず、大抵は相手が佳奈に興味をなくし、浮気する形で破局する。

佳奈は、にぎりしめていたミニタオルで、ぐしゃぐしゃの泣き顔を隠しながら、嗚咽《おえつ》まじりに訴えてきた。

「わたしはずっといろんなことに悩んできた。……何やってもうまくいかなかった。……でも桃子はいつも、何があっても平気な顔してて、……高校では同じ友達と三年間ずっと仲良くしてて、卒業してからも会ってるみたいだし、……チャラ男《お》じゃなくて、しっかりした感じの男の子から好かれて——幸せそう。すごく幸せそう……っ」

「だから新井さんと同じことをすれば、新井さんみたいになれるかもしれないって思ったんですか？」

賢人が訊ねると、佳奈は子供のように、うん、と大きくうなずいた。

つまりはそれが、『かもめクラス』に入った本当の理由だったのか。

すると、そこに新しい声が割って入った。

「そんなの——全然ちがうよ」

桃子である。よほどあわてていたのか、取るものもとりあえず駆けつけたという体《てい》で息を乱し、肩を大きく上下させている。

「新井さん……」

思わず席を立った賢人にかまわず、彼女は佳奈に向けて声を張り上げた。

「私だって恵まれてばっかりじゃない。たぶん、他の人よりも頑張ってる！」

「頑張るって……何を？」

「色々。持ってないものより、持ってるものに目を向けようとしてるし、周りと自分とを比べないようにしてるし、他にも……っ」

「そんなきれい事——」

つまらなそうな佳奈の言いように、桃子はカッとなったようだった。

「きれい事!? ちがう。これは努力だよ！」

いきり立ち、強硬に言い返す相手を、佳奈はあっけにとられたように見上げた。

「努力って……」

「私はごく普通の人間だから、すぐ怒るし、妬《ねた》むし、いろんなことをうじうじ振り返って落ち込む。でもそれじゃ気分も状況も悪くなるだけだから、——だからなるべくそうしないようにって、いつも意識して頑張ってる。……本当に楽天的な人って、自然にそうできちゃうと思う。だから私は……素質的にはたぶん、佳奈と同じタイプなの」

それに対し、佳奈は頭を振った。

「そんなはずない。……桃子とわたしが、同じタイプのはずないじゃん」

とまどいまじりの答えを、桃子は容赦《ようしゃ》なく切って捨てる。

「佳奈は努力してないでしょ。周りずるいって言って、自分かわいそうって被害者ぶるばっか。そういうとこ、すっごい腹立つ！」

「――……」

「大学に入ってから、友達みたいな顔して話しかけられたことにも、ずっとモヤモヤしてた。昔のことを蒸し返しても仕方がないって自分に言い聞かせてたけど、ホントは言いたくてたまらなかった。私、佳奈のことを許した覚えない……！」

これまで我慢してきた分、とでもいうのだろうか。堰《せき》を切った桃子の言葉は、とどまるところを知らないようだった。

「だってまだ佳奈に謝られてないもの。中学の――あの時期をなかったことにはさせない。忘れるのは、やっぱ無理だった。そんなふうに佳奈に都合良いだけの展開になんか、絶対にしない」

一方、昔のことを突然持ち出された佳奈は、ただぽかんとしている。

「……いま……？」

「今も昔もないでしょ」

「でも桃子はわたしに嫌われてたくらい、どうってことないじゃん。友達から好かれて、味方されて――先輩だって……！」

話していくうちに激してきたのか、佳奈もまた席を立って桃子と向かい合う。

「わたしが好きになる人は大抵、桃子のことが好きなんだよ。意味わかんない！」

「意味わかんないのはこっち！」

口論に、店中の視線が集まっていた。「まぁまぁ」と間に入ろうとした賢人は、「悪いけどほっといてくれる!?」とふたりから集中攻撃を受ける。

馨が賢人の肩をつかんで引き戻した。

「やめとけ。得るのはとばっちりだけだ」

「いや、でも……」

馨は、佳奈のいるボックス席と背中合わせになった隣の席に向かい、暁を背後からひょいと抱き上げる。

「わっ」

「帰るぞ」

「やだやだ、ちょっと待って……っ」

暁はシートの背もたれにしがみつき、必死に抵抗した。

「さっきも同じこと言っただろう」

「あと十分！　あと十分で必ず帰るから……っ」

「――十分だな」

念を押すと、馨は晄を放して自分のスマホを取り出し、ファミレスの出入口に向かった。どこかに連絡しているようだ。

賢人は口論を続けている桃子と佳奈の隣のテーブルに、晄とふたりで取り残される。

ひとまず注文を取りに来たウエートレスに、ドリンクバーを頼み、コーヒーをふたつと、オレンジジュースをひとつ持ってきた。

そしてジュースのグラスを晄の前に置く。

「いつからお家《うち》を抜け出したりしてるの？」

「……ひいおじいちゃんと、春夏《はるか》がいなくなってから」

晄と馨の曾祖父には、賢人も一度会ったことがある。あの洋館の、前の持ち主である。

馨が唯一慕っていた血縁だったようだが、高齢のため先日息を引き取った。

「春夏さんって誰？」

訊くと、晄はジュースのグラスを小さな両手で包み、「お世話係」と言った。

「うち、離婚しちゃってお母さんがいなくて、お父さんはいつもお仕事が忙しいから、ボクが幼稚園の頃から春夏がずっとついててくれたの。……でもこの間、辞めちゃって……」

少年はつまらなそうにくちびるをとがらせる。

「新しい人は、春夏みたいにボクに関心を持ってくれないんだ。ボクが話してても、さえぎって全然ちがうこと言い出すし、見てって言ったものも見てくれないし、ハグしてくれないし。それに……」

そこで、彼はわずかに声を落とした。

「勤務時間にシビアだから、おやすみなさいしたら朝までそれっきり。夜中にこっそり抜け出しても気づかないし……」

「世話係なんて、そんなもんだ」

戻ってきた馨が言うと、晄は首を振る。

「春夏はちがった」

ムキになる少年の頭に手をのばし、賢人はなだめるようになでた。

「ひいお祖父《じい》さんもいなくなってしまって、さみしかったね」

なでながら、その気持ちを素直に出せる子でよかった、と感じる。

『さみしさは人をゆがめるよ』

思いがけず耳にした美紅の言葉は、ひどくもの悲しかったから。

だから晄が今、馨に出会えてよかったとも思った。なんだかんだ面倒見のいい彼はきっと、弟をこのまま放ってはおかないだろうから。

当の馨は、「そろそろ十分だぞ」とつぶやきつつ、冷めかけたコーヒーに口をつけて顔をしかめる。その姿は、ポップな色彩あふれる店内の景色からひどく浮いていた。

（ファミレスの似合わない人だな……）

しみじみとそんなことを考えた賢人に、ちびちびとオレンジジュースを舐《な》めながら、晄が言った。

「賢人せんせー、あのね。佳奈ちゃんがみんなにこっそりお菓子とか、お小遣いあげてたのは、人気取るためじゃないと思う」

「え？」

「ボク見てた。佳奈ちゃんがそうすると、みんなすごく喜ぶの。みんなが喜ぶの見て、佳奈ちゃんもうれしそうだった。――みんな、そうやって大人にかまわれるの、うれしいんだよ。佳奈ちゃんはそのこと知ってるんだね」

「――へぇ。そうなんだ……」

思いもよらない事実を知らされ、そういうこともあるのか、と考える。

離婚した母親とふたりで暮らしていたという佳奈は、『かもめクラス』に集まる子供達と似たような経験をしていた。だから彼らの求めるものを理解していたのかもしれない。

そんな彼らを自分なりに力づけ、寄り添おうとしたのかもしれない。……方法に問題はあったにせよ。

「あと、『かもめクラス』が終わっても家に帰らない子と、遅くまで一緒にいてあげてたみたい。……みんなが佳奈ちゃんを特別好きだったのは、たぶんそういう理由だよ」

「それは確かにその通り」

突然、佳奈と口論していたはずの桃子が、晄の言葉を拾った。

彼女は自分を落ち着けるように深呼吸をして、相手に向き直る。

「佳奈。……子供達が、佳奈がいなくなってさみしいって言ってる」

「――――え……」

「この間、もうカンニングは絶対にしないから佳奈を連れ戻してって、全員からお願いされたの。佳奈の中で『かもめクラス』の存在がどの程度か知らないけど……、あの子達の中で佳奈の存在は大きいみたい」

「――……わたし……?」

信じられない、というようにぼんやりとつぶやく。佳奈の、泣きはらした目に新しい涙がにじむ。

その光景に、桃子ははっと息を詰め――そしてあえて難しい顔を作るようにして言った。

「佳奈がかまわないなら、戻ってくれれば子供達が喜ぶ。ただし遅刻と授業のドタキャンは厳禁。バイトと同じくらいマジメにやって」

「……わたしを待っててくれてるの？　あの子達が？」

涙をあふれさせた相手に向けて、桃子は何でもないことのように言う。

「だって佳奈、素であの子達のこと好きだったじゃない」

その声は、ぶっきらぼうでありながら温かく、ひどくやわらかいものだった。


「……よく考えると、佳奈を『かもめクラス』に紹介した時、楽しく活動してる私を見せて佳奈を見返したいって気持ちもあったかもしれない。昔いじめられてた私は今、みんなに好かれてる。いつもつまんなそうな佳奈より、私の方が幸せ——そう見せつけて、心のどこかで『どうだ』って思ってたかも。……だからおあいこ」

先に帰ると言って席を立った賢人と馨、そして暁を、桃子はファミレスの出入口まで見送ってきた。そしてドアの手前で、晴れやかにそんなことを言う。

「坂下さん、——絵本ありがとうございました。私、ほんと佳奈にものすんごく怒ってたみたい。何年もそのことに気づかなかった自分が、思い返すと不思議で仕方なくて……」

「なるべく前を向こうって姿勢も、大事だとは思いますけど。みんな人間ですからね」

「坂下さんも怒ることってあるんですか?」

「ありますよ。電車に乗ろうとして、前に割り込まれた時とか腹立つし」

あははは、と声を立てる桃子の前で、馨が鼻で笑う。

「心のせまいヤツだな」

「……普段ほとんど出かけない人に言われても」

その隣で、暁が上に向けて両手をのばした。

「桃子先生ー」

桃子はすぐに気づいて、少年をハグする。

「暁くんも、またね。ぎゅー」

「またね。ぎゅー」

ひとしきりきゃっきゃとふざけ合ったあと、桃子はぺこぺことこちらにお辞儀をしつつ店内に戻っていった。

ちなみに佳奈が暁を連れ去ったのでは、というのは桃子の勘ちがいだったようだ。

入りたくても入れない様子で町内会館の周りをうろついていた佳奈を見かけた暁が、自分から「何か話したいことある?」と声をかけたのだという。なぜなら暁もずっとママレード書店に入れず、近くの公園から眺めるだけという経験があったから。

「は？」

駐車場を歩きながら、そんな打ち明け話を聞き、賢人の頭にひらめくものがあった。

以前見た、公園からママレード書店をじっと見つめていた、あの記憶の持ち主は、もしや――。

（そっか。あれ、暁くんの記憶だったのか……）

胸をなで下ろしつつ、少し首をかしげる。

「入りたかったなら、普通に入ってくればよかったのに」

「でも……わかんなかったから、迷って……」

「迷うって？」

「ボクの周りにいる大人はみんな、馨お兄さんは悪い人だって言う」

「え？」

思わず当人を振り向くと、馨はだまってくちびるの端を持ち上げた。

暁はそんな兄をまっすぐに見上げて続ける。

「ひどいことをしてみんなに迷惑をかけた悪い人だから、会っちゃダメって言われてる。馨お兄さんの悪口を言わないのは、ひいおじいちゃんだけだった。……だからボク、どんな人なのか気になったけど、ひとりで会って大丈夫なのか不安があって、それで――」

途切れた言葉のあとを、馨が引き継いだ。

「それで絵本作り講座をやろうって、『かもめクラス』のスタッフに吹き込んだのか」

「え？」

目を丸くする賢人の前で、晄は、ばれちゃった、という顔を見せる。

「うん。そう……」

「そうすれば参加者のひとりとしてさりげなく出入りできる、か」

確信を込めて言う馨に、賢人は感心しながら言った。

「よくわかりましたね」

「こいつは外見だけでなく中身まで既視感《きしかん》がハンパない」

「え、先輩も昔こんなに可愛かったんですか？」

「子供の頃の俺はとんでもなくラブリーだったぞ」

「…………」

そんなふてぶてしい笑顔で言われても。

返す言葉に詰まっていると、晄が手をのばしてくる。

「賢人せんせー」

駐車場を歩いていた賢人の手を、するりとのびてきた晄の手がつかむ。周りに小さな子がいないため、子供と手をつなぐのは、ほぼ初めての経験だった。

小さな手の感触に不思議な気分をかみしめながら、声をかける。

「もう先生は終わったから、普通に呼んでいいよ」

「賢人？」

あどけない声で呼ばれるとくすぐったい。

馨の車まで戻ったところで、賢人は暁に向けてドアを開けた。

「じゃあ、お店に帰ろうか」

手紙

Daydreams
in the Marmalade
Bookstore

冬の寒いある日、ママレード書店の店内には非常にのんびりとした時間が流れていた。

年末年始のせわしない時期が過ぎ、世間は落ち着きを取り戻している。柱の前にある大きな古時計までもが、心なしかゆったりと時を刻み、立ち並ぶ書架の間では今日も、数名の客が静かに立ち読みをしていた。

八角形の塔屋を利用した閲覧《えつらん》コーナーにおいて、オーナーがおそらく世には出ないであろう小説を執筆しているのもいつものこと。

猫店主の寝床《ねどこ》のみ、これまでと少しだけ様相が異なっていた。冬仕様ということで、フリース素材で作られたぬくぬくクッションである。いつも眠ったまままめったに動かない店主は、ふんわりとしたフリースに埋もれて、いっそう微動だにしなくなっていた。

しかし橙《だいだい》色のその目は今、賢人《けんと》の手元をじっと見つめている。

カウンターの内側――レジ脇にカッターボードを置いて賢人が作っているのは、厚紙を折って立たせる形のネームプレートだ。

長方形の厚紙の真ん中にカッターの背を使って折り目を入れ、その片側半分にポップな文字で『ママレード書店　店主　ミカン』と書いてみた。

さらにその下に、やや小さな文字で『名前を呼んでね』とつけ加える。

試しにクッションの前に置いてみると、ミカンは「ヌゥ……」と迷惑そうにうめいた。

そんなことをされては、おちおち寝ていられなくなるではないか。

そんな目線に向けて、賢人はおもむろにうなずく。

「今年こそもっとお客さんが来ますようにって、年始にお参りしてきたけど、やっぱり営業努力も必要だと思うんだ。そのための第一歩は、もっとお店のマスコットに親しみを持ってもらうこと」

「ヌ……!?」

「あ、ごめん。マスコットじゃないよね。店主、店主」

言い直しながらカッターをしまい、代わりにスタンプ台を取り出す。インクの色は、もちろんオレンジである。

「仕上げに協力してもらってもいいかな?」

手形ならぬ足形を、名前の横に入れたらそれっぽくなるのでは。

そんなもくろみと共に、ひょいとミカンの前足を持ってスタンプ台を近づけていくと、鋼《はがね》色の恰幅《かっぷく》の良い猫は「ヌフー!」と抵抗した。別の足で顔に猫パンチをくらい、眼鏡がずれる。

「わっ……、ちょっとでいいっ。ちょっとでいいから肉球貸して?　――あ……っ」

呼び止める声にもかまわず、ミカンは脱兎《だっと》のごとくレジカウンターから逃げ出した。

――足にポップな色のインクをつけたままで。

「ミカン、平台《ひらだい》には乗らないで！　頼む……っ」

商品にインクがついたら、当然だが買い取らなければならない。そんな不安にかられ、ご機嫌を損ねたと思われる店主を必死に追いかける。と、どっしりとした鋼色の猫は、閲覧コーナーにいた馨《かおる》のところに逃げ込んでいった。

「おっと……」

自分の膝《ひざ》の上に飛び乗ったミカンを、馨が驚いたように抱き留める。

「ヌフゥフ、ヌフ、ヌゥヌフ……ッ」

おまえの連れてきた店員が無茶ぶりばかりしてきて大変被害を被っているのだが、何とかしてくれまいか!?

そんな形相で訴える店主を、馨は洋服にインクがつくのもかまわず抱き上げた。

「はいはい。客足をのばそうという努力を、もっと別の方向に使うよう言っておく」

「ヌォゥ……ッ」

憤然と低くうなったきりおとなしくなった猫を、馨はレジ奥へと連れていく。おそらくインクを落とすために二階に行くのだろう。

きょとんとしてこちらを見る立ち読みのお客さんへ、「お騒がせしました……」と頭を下げ、賢人はレジカウンターへタオルを取りに行った。それを水にぬらして売り場に戻る。

「いい考えだと思ったんだけどな」

レジに来たお客さんとの話のネタにもなるし。

心の中で言い訳しつつ、ところどころインクのついた閲覧コーナーのテーブルと椅子《いす》とを、ぬれたタオルでぬぐっていく。

その時、チリンチリンと新たにドアベルの鳴る音がした。

「いらっしゃいませ」

見守る中、凍てつくような寒気と共に入ってきたのは、初老の男性だった。

葬儀の帰路なのだろうか、ワイシャツ以外は黒一色のスーツ姿が黒いコートの合わせからのぞいている。売り場にいる賢人と目が合うと、男性は軽く会釈《えしゃく》をしてきた。反射的に会釈を返す。

（わぁ、なんか……）

コートは見るからに仕立てが良く、チャコールグレーのマフラーも、さりげないチェック柄が上品である。男性向けの高級ブランドの広告にでも載っていそうな、絵に描いたような紳士だ。

書架の間をのんびりと歩いた末、老紳士は海外文学の文庫が並ぶ一角で足を止めた。そのまま、何か考え込むような顔で本棚を眺め、一冊取り出してはあらすじを確かめ、やがて戻すことをしばらくくり返す。

テーブルと椅子とをきれいに拭《ふ》いた賢人が、カウンターへ戻りがてら視線を向けたところ、ふたたび目が合った。

「何かお探しですか？」

声をかけると、老紳士は「いえ……」と軽く笑う。

「昔読んだ作品をふと読み返したくなったのですが……、どうしてもタイトルが思い出せなくて」

「小説ですか？」

「ええ。外国の作品で、青年が淑女《しゆくじよ》に憧《あこが》れる話で――」

そう言いかけて、彼は首を横に振った。

「そんなことを言われても困りますよね」

「いえ、他に何か――」

「他に……たしか青年は女性を強く想っていたのですが結ばれることはなく、女性は死んでしまうのです。けれどいまわの際に、実は女性も青年を想っていたことが明らかになって――ダメですね。やはり思い出せない……」

「――――……」

（うーん……）

耳にしたキーワードで思い当たるものを考えてみる。

『椿姫《つばきひめ》』に似ている気がするが、あの作品のヒロイン、マルグリットは高級娼婦である。淑女ではない。

棚に並ぶタイトルを目で追いながら考えるも、当てはまるものはわからなかった。

それでなくとも有名無名を問わず、作品は数多くある。多すぎて賢人自身、まだまだ一部しか読めていない。

首をひねっていると、背後で「失礼、お客様」と馨の声がした。振り向くと、彼は意味ありげな笑みを浮かべつつ、一冊の文庫本を老紳士に差し出す。

「お探しのものとは異なるかもしれませんが、こちらの作品などいかがでしょう？」

表紙を見ると、スタンダールの『赤と黒』――野心的な青年が、出世のために女性を誘惑し、利用していく話である。

その意味をはかりかねる賢人の横で、老紳士は、突然現れた馨と文庫本とに交互に目をやった。そして仕方がない、というかのように眼差《まなざ》しに笑みをにじませる。

「……相変わらずですね、馨様」

親しみのこもった口調で言い、彼は差し出された文庫本を手に取ると、それを棚に戻した。

「私はこの人生を通して、自分がジュリアン・ソレルではなかったことを証したつもりです」

*

賢人はどこか広い建物の中にいた。

日本語と英語のアナウンスが響き、彼方《かなた》にある壁の上部には大きな世界地図の装飾があり、周囲には外国人の姿も目立つ。行きかう人々はおしなべて身なりが良く、ジェラルミンや革製の大きな旅行鞄を持っていた。

（……空港？）

しかし賢人が知る、現在の成田《なりた》空港とは大きく様相が異なる。まるで映画のセットの中にでも迷い込んだかのように、古い時代を感じさせる景色だった。

そして記憶の主は誰かを抱きしめている。そのシチュエーションもまるで映画のようだ。

『泣かないでください。どうか……笑顔で見送ってください』

男性の声がそう言うと、胸に顔を押し当てたまま、女性が大きくかぶりを振った。

『できません……っ』

『最後に見たあなたの顔が曇っていては、思い出すたびに悲しくなってしまいます』

『正恭《まさやす》さん……っ』

『愛しています。祥子《しょうこ》様。あなたは私の、世界で一番大切な方です』

『私も行きますから。……あとで必ず追いかけますから……っ』

悲しげな女性の声に、胸を締めつけられる――

「ちょっと！」

強く押し殺した声が、別れの余韻《よいん》を吹き飛ばす。

「ちょっと、お兄さん。この本なんだけど……！」

「は、はい……っ」

気がつくと、レジ前にふくよかな年配の女性が立っていた。女性はカウンターに置いた一冊の新書を、ずいっとこちらに押しやってくる。

カバーに躍るタイトルは、『恋愛入門　初心者のための出会いの見つけ方と関係の深め方』。

（買い手キター!!）

頭の中で驚愕《きょうがく》する賢人に向け、女性は小声でささやいた。

「この本、あそこにいるうちの息子にさりげなく薦めてくれない？　ワタシが言うとケンカになるから」

「…………はい？」

言うだけ言った女性は、そそくさと売り場に戻ってしまう。そしてぽかんと立つ賢人に、ちらちらと視線を送ってきた。

その視線が示す息子は、いかにも出不精なのを引きずり出されてきたという体《てい》の青年である。

（薦めるっていったって——……）

普通、本屋はわざわざ客に声をかけて特定の商品を薦めるようなことはしない。

だいたい、どう話しかけろというのか。

『失礼します、お客様。お客様にはこういった本がご入り用ではないかと思い、お声をかけさせていただきました。いえ、なぜというわけではありませんが、なんとはなしに……』

（失礼だ！　すごく慇懃《いんぎん》無礼《ぶれい》だ……！）

うながすようにこちらを見つめる女性客に向け、大きく首を振る。

（申し訳ありませんが、当店ではそういったサービスはしておりませんので）

そんなメッセージを込めて見つめ返すと、女性は懇願《こんがん》する眼差しを返してきた。

（そこをなんとか！　うちの息子はとてもいい子なんだから。あとは出会いさえあれば……！）

（そうは言いましても！　――無理なものは無理で！）

（息子が結婚できなくてもいいっていうの⁉）

しばらく無言でそんな視線のやり取りを続けていると、チリンチリンとドアベルが鳴った。思いきりホッとしながら声をかける。

「いらっしゃいませー」

入ってきて、「や」と手を上げたのは美紅《みく》だった。

ツイード素材のロングコートの中に、タートルネックのざっくりとしたセーターと、プリーツのミニスカート、柄のついたタイツの足元は高いヒールのショートブーツ。つやつやの長い黒髪をなびかせて歩く姿は、今日も隙《すき》のない美少女っぷりである。

肩で風を切るようにしてレジに近づいてきた彼女は、たどり着くなりカウンターに両腕をついて寄りかかった。

「講義が休講になっちゃった。時間つぶさせてー」

その目が、賢人の手にしていた新書のタイトルに釘付《くぎづ》けになる。

（またか……！）

前回、女子高生達に微妙な誤解をされたことを思い出しながら、冷静な対応を試みる。

「誤解しないでほしいのですが、これはただ――」

しかし皆まで言わせず、美紅はよく響く声で言い放った。

「出会いたいの？　やめときな。こーゆー本に頼る時点で望み薄だよ」

「――……」

さすが美紅。ものの見事な一刀両断である。

計画が台無しになったことに、くだんの女性客が半泣きの般若《はんにゃ》みたいな顔になった。なるべくそちらを見ないようにしながら、新書をレジ下の棚にしまう。

「まちがえて注文してしまったので、棚から抜いてきたんです。……でもこの本に背中を押される人もきっといると思いますよ」

「そっかー。内容そのものより、読んだから大丈夫っていう気持ちが大事なわけね」

「失礼ですがお客様。店内ではお静かに願えますか？」

冷ややかな声音《こわね》に振り向けば、そこには店のオーナーがややご立腹《りっぷく》な様子で見下ろしてきていた。しかし美紅は気にせず応じる。

「は？　どうせ客いないじゃん」

（ほんとだ）

話をしている間に、あの母子《おやこ》は去ってしまったようだ。

彼女は「ね、」と好奇心をうかがわせる眼差しで訊《たず》ねてきた。

「最近晄《ひかる》がここに来たんだって？」

ふいに出てきた名前にどきりとする。馨の弟である八歳の少年。しかし彼が兄と会ったことが知られると『お互いにとってうっとうしい事態になる』と以前、耳にした。

それを思い出し、何でもないように返す。

「ちょっとのぞきに来た程度ですよ」

すると美紅は疑わしげに馨を見た。

「賢人がいるから心配はないと思うけど――悪い影響与えんじゃないわよ」

「心配なら箱の中にでもしまっておけば？」

興味なさそうに返した馨の言に、彼女は顔をしかめる。

「あの人達ほんとにそうしかねないから恐《こわ》いって！　昨日の法事でもみんなブーブー言ってたんだから」

「法事があったんですか？」

賢人が訊《き》くと、美紅は「うん」とうなずいた。

「祖母の一周忌」

「へぇ」

美紅の祖母は名前を祥子といい、馨の祖父の妹であるらしい。つまりふたりははとこということだ。

(いや、待って。……祥子?)

つい先ほど、その名前を耳にした。白昼夢《はくちゅうむ》の中でのことだ。

(ということは、あの夢は美紅ちゃんのお祖母《ばあ》さんの恋人の……?)

そう考えたところで、美紅がふと「そういえば」と口を開く。

「なんか目立つ感じのロマンスグレーが来てたんだけど、知ってる? 周りに遠巻きにされてたっていうか、招かれざる客って感じの……」

「小北《こきた》だろう」

馨の答えに、彼女は眉を寄せた。

「だれ?」

「小北正恭。うちに勤めてた使用人の息子で、祥子祖母《ばあ》さんの家庭教師をしてた人だ」

(正恭――)

その名前も白昼夢に出てきた。あの記憶の主である。

「なんでそんなこと知ってんの？」

怪訝《けげん》そうな美紅の問いに、馨は静かに答える。

「世話になったことがあるから」

親しみのこもった声に、賢人はふと、小北という人物が昨日の老紳士なのではないかと気づいた。

あのあと、馨とふたりでどこかへ行ってしまったため、くわしいことはわからずじまいだが、旧知の間柄のようだった。目立つロマンスグレーという表現も当てはまる。

馨はさらに続けた。

「彼は家庭教師をしていた時に祥子祖母さんと恋仲になったが、当然周りに反対されて引き離されそうになり、思いあまってふたりで海外に行って事実婚しようって計画を立てた」

（やっぱりあのふたりだ）

説明に、賢人は先ほど目にした光景の背景と人物関係をおおよそつかんだ。

おそらくミカンは昨日訪ねてきた正恭の夢を食べたのだろう。

（お嬢様と家庭教師の恋だったのか……）

真相も映画のような話だ。しかし現実はそう甘い結末には至らなかったらしい。

馨の説明によると、先に正恭が留学したところで祥子が心変わりをしてしまい、あえなく破局。周囲は彼が身を立てる目的で祥子をたぶらかしたと見ており、それ以降正恭は篠《しの》宮《みや》家から絶縁されてしまったのだという。

「といってもその後、小北は独力で商売を成功させて、たらし込み疑惑を晴らしたんだが」

「で、その人がなんであんたを世話したわけ?」

「美紅ちゃん……っ」

ずけずけと踏み込んでいく少女にぎょっとして声をかけたところ、馨は全然関係ないところで眉根を寄せた。

「なんだ、美紅ちゃんて」

「そう呼ぶようにって言われて……」

「なんか文句あんの?」

ドスの利いた声で返す彼女に、馨は肩をすくめて返す。

「文句はないが、忠告したいことならある」

「なに」

「おまえが来てからけっこう時間たってるんだが、次の授業は大丈夫なのか？」

言い終わるや否《いな》や、ママレード書店の名物のひとつとも言うべき大きな古時計が、ぼーんぼーんと鈍い金属音を響かせた。

＊

すうっと頭の中に入り込んできた白昼夢の中で、賢人は古風なワンピースに身を包んだ二十歳《はたち》くらいの女性と向かい合っていた。白いクロスのかかったテーブルにつき、目の前にはティーカップが置かれている。

女性は、人形のように硬く冷たい表情で口を開いた。

『やっぱり結婚するわ。よく考えたのだけど、それが一番だと思うの。お父様の容態も良くないし、娘として、少しでもみんなの不安を取りのぞかなければ』

と、記憶の主は首を振って身を乗り出す。

『そんな――お姉様、まさか……』

『決めたの』

『でも正恭さんは？』

そこで、周りを警戒するように声を落とす。

『大事な約束があるんでしょう？』

『……どうでもいいわ』

憂鬱《ゆううつ》そうに言い、女性は顔を背けた。

『離れてみて気がついたの。みんなの言う通り、彼は野心家よ。私を将来のための足がかりにしようとしていただけ』

『お姉様……？』

『冷静に考えてみれば、思い当たる節がたくさんあった』


ガタガタ……。

書店のドアを揺らす音に、白昼夢から引き戻された。

今日は日曜日。書店は休みである。

賢人はといえば、本業の絵本制作をするためアトリエに詰めていたのだが、誰かがドアを開けようとする気配に、席を立って出入口に向かった。

（何だろう？）

店の売り場に出て行くと、ドアの前に立つ人の影が目に入る。

「あ……」

見覚えのある相手に小さく声を上げた。正恭である。彼はこちらに気がつくと軽く会釈をした。

急いで出入口に向かい、ドアを開錠して押し開ける。

「小北さん。こんにちは」

「すみません。呼び鈴が見当たらなかったもので、不作法な真似《まね》を……」

「いえ」

「馨様とお話ししたいのですが、ご在宅でしょうか？」

問いに、賢人は店内を振り返った。

「ええと――はい、たぶん……」

書店業務のない日曜日は、それぞれ勝手に過ごしている。賢人はたいがいアトリエにこもってしまい、馨の動向はほとんど把握《はあく》していなかった。

が、外出した気配はなかったので、たぶん部屋にいるはずだ。スマホで電話をかけてみたところ、案の定二階で人の動く気配がした。短いやり取りのあと、通話を切る。

「下りてくるそうです。こちらでお待ちください」

賢人は正恭を店内へ招き入れ、閲覧コーナーのテーブルに案内した。それからアトリエに戻ってお茶をいれる。

「あぁ、ありがとうございます。どうぞおかまいなく」

持っていったお茶を置くと、小北はひどく丁寧に礼を言ってきた。おまけにバイトにすぎない賢人に、わざわざ名刺を出してくる。

「ご挨拶《あいさつ》が遅れました。私は小北と申します。八年前、馨様が留学される際にお世話したことで知り合い、親しくさせていただきました」

「留学の――……」

裏面が英字の名刺を眺めながら、賢人はそういえば、と考えた。

馨は高校卒業後、アメリカに留学した。しかしそれは、ひどく不可解なものだった覚えがある。

八年前、高校の最終学年だった馨は、受験に際して当然のごとく最高峰の大学への合格を果たした。誰もがそこに進学すると信じて疑っていなかった中、三月の卒業直前になって急に留学の話が持ち上がり、それからあれよあれよという間にいなくなってしまったのだ。

急すぎて送別会を開く間もなかったほど。

『送別会《それ》がいやだったんじゃね？　あの人、格好つけだし』

釈然《しゃくぜん》としない思いを、周囲はそんな冗談を言い合って呑《の》み込んだ。

だが実はあの時に何かが――留学せざるを得ないような問題が起きていたのだろうか？

名刺に目を落としたまま考え込む賢人に、正恭はゆったりと語る。

「当時、私は仕事の関係でニューヨーク近郊に居を構えておりました。そこへ篠宮家の知り合いから、急に馨様の留学が決まったため、急いで受け入れ準備を調えなければならないという話を聞きまして、よければ私がと手を挙げたのです」

「それを口実に祥子祖母さんに連絡を取ろうって魂胆《こんたん》だったんだろう？　そしてまんまと再会にこぎつけた」

近づいてきた声に、正恭はごく自然に席を立つ。

「これは馨様……、お休みのところ申し訳ありません」

頭を下げる相手へ、馨はやわらかく笑った。

「俺をダシに使ったんだ、この人は」

「その祥子様のことでどうしても気になることがあり、思いあまって訪ねてきてしまいました」

言葉通り、思い詰めたように訴える正恭に、馨は手で椅子にかけるよううながした。

ふたりがテーブルをはさんでアンティークの椅子に腰を下ろすのを見届け、賢人はアトリエに戻る。

が、そこで目を丸くした。

（ミカン……!?）

「ヌ……」

怒られるのをわかっていたかのように、鋼色の猫は上目遣いで見つめてきた。

作業台の上――パレットに出しておいたアクリルインクに足跡がついている。そしてそこから短い通路を伝い、レジカウンターに至るまで続いていた。さらにカウンターの上でしばらく足踏みしたあと、ご丁寧にアトリエまで同じ道を戻っている。

「推測するに……最初はインクを踏んだことに気づかずにレジまで歩いて行った。そこでようやく気づいて、驚いて、何があったのか確かめるためにアトリエまで戻った?」

「ヌフ」

素直にうなずく猫をしかることもできず、頭をかいた。

「出しっぱなしにしていた僕も悪いけど――わ、待った！　今拭くもの持ってくるから、動かないで」

急いでぬらしたタオルを用意し、ミカンの足をきれいにぬぐう。

次いで通路とカウンター上の足跡を順に水拭きしていると、閲覧コーナーにいるふたりの会話が耳に入ってきた。

「祥子様がご結婚なさったと聞いて、私はいてもたってもいられず、何通も……いえ、何十通も手紙を書いたものです。ですがお返事をいただいたことは一度としてなく……、私はあの方が心変わりしたという風の噂《うわさ》を受け入れざるをえませんでした。しかし――」

激《せ》したのか、正恭はそこで軽く咳き込む。

「……しかしその後、私が他の女性と婚約をした際、祥子様は横やりを入れてこられたのです。結果、婚約の話は流れてしまいました。私は、やはりあの方のお心は私のもとにあるのだと――あの方の突然の結婚には何か事情があったのだと考えずにはいられませんでした」

「婚約を……？　それは初耳だ」

「事実です。そして近年、あの方とふたたびお目にかかる機会に恵まれるようになり、まるで確執などなかったかのように、親しくおつき合いをさせていただきました。私は……っ」

正恭はふたたび大きく咳き込んだ。

「悔しくてなりません。なぜ我々は引き離されなければならなかったのでしょうか。四十年も、無為《むい》の時を過ごさなければならなかったのはなぜなのか。私との約束を反故《ほご》にされた祥子様にどのような事情があったのか、考えずにはいられないのです――」

苦しげな咳《せき》をまじえながらも切々と訴える――必死とも取れるその様子に、胸をつかれる。

（――……）

若い頃、祥子は彼が自分を欺《あざむ》いていたと考えた。よって一度は距離を取ったものの、そのあと正恭が独りで身を立てたのを知って、それが思い違いであったことを認め、近年また彼とのつき合いを始めた。

馨から聞いた限りではそれが周囲の共通認識と思われるが、彼はそう考えてはいないようだ。

（祥子さんが彼の縁談をつぶしたっていうのが、その根拠のひとつなわけか……）

確かに解せない。結婚をした祥子が、過去の恋人が幸せになるのをわざわざ邪魔したということには、どういう意味があるのだろう？

カウンターを拭きながら、余計なことと知りつつも、ついつい考えてしまう。

馨はだまって話を聞いているようだった。そして正恭の言葉が途切れた時、静かに訊ねる。

「……それを祥子祖母さん本人に訊ねたことは？」

「一度。ですが答えは得られませんでした。……その時の私は祥子様と過ごす時間の方が大切で、共にいられることに満足しておりましたので、答えを無理に聞き出そうとは思いませんでした」

「ではなぜ、今になって」

「……去年、病を得てしまいまして、近々大きな手術をすることになったのです」

しわぶきまじりの答えに、馨の声が曇った。

「手術？」

「はい。必ずしも成功するとは限らぬ手術です。死の可能性を前にして、思い残すことはないかと自分自身に問いかけた時、……かなうならばその前に、あの方の翻意《ほんい》の真相を知りたいと強く願いました。未練がましいと思われてもけっこうです。長いとは言えない人生の中で多くの物を手に入れてきましたが、結局私の望みは、最後にはそこに行き着くのです」

迷いなく言い放ち、彼は大きく咳払いをする。

「馨様、どうか……どうかお力を貸してはいただけませんか」

気配から察するに正恭は頭を下げているようだ。間を置かずして、「もちろん」と抑揚《よくよう》のない馨の声が返した。

「あなたには借りがある。この程度で返せるなら安いものだ」

「それでは――」

「あの家に関して俺にできることは限られているが、ひとまず力を尽くしてみよう」

彼にしてはひどく気前のいい返答だった。だがそのわりには、いまいち感情がこもっていない。

それは請け負うというよりも、相手を安心させるためのものであるように、賢人には聞こえた。


正恭が帰ると、馨はしばらく何か考え事をしていたようだが、やがてカウンターにやってきた。

「……なぁ、もしかして――」

「白昼夢なら見ました。二回」

カウンターの上でちょっとした作業をしながら、賢人は先まわりをして答える。

「一度目は、小北さんが留学する前、祥子さんと別れる時の場面だと思います。この時は、ふたりとも想い合っている印象でした。二度目は、祥子さんをお姉様と呼んでいたので、たぶん妹さんの記憶だと思います」

「どうだった？」

「この間先輩が言っていた通りです。小北さんが留学したあと、祥子さんは周りの声に耳を傾けるうちに彼についての考えを改めていったようです」

「そうか。ところで……何をやってるんだ？」

怪訝そうな馨の声に、賢人は顔を上げた。右手は糊《のり》をつけた小さな紙片をつまみ、左手にはミカンのネームプレートを持っている。

「いえ、さっき偶然の産物でミカンの足跡を手に入れたので……」

アトリエとカウンターの間を歩きまわったミカンが、メモ帳の上を歩いてくれたのはラッキーとしか言いようがない。

肉球マークのついた紙片を名前の横に貼《は》りつけると、思っていた通り、いい感じになった。手のひらでそこを軽く押さえながら、ふとした興味で訊ねる。

「祥子さんって、どんな方だったんですか？」

と、馨は条件反射のように秀麗な顔をしかめた。

「ひと言で言うと厳格な人だな。どんな時も冷静で、取り乱しているところを見たことがない。おまけに気むずかしくて……妹の百合子《ゆりこ》以外の人間を傍《そば》に寄せつけなかった」

「美紅ちゃんとは全然似てないですね」

「そうだな。どんな時もお家大事で、兄の補佐として一族の中では絶大な力を持っていた」

兄というと、馨の祖父で、現在の篠宮家の家長だという人だろう。

「…………なんか、駆け落ちとかしなさそうな気が」

そして勝手気ままな馨とは、まったくそりが合わなさそうだ。実際合わなかったのだろう。

彼は突き放すように言った。

「麻疹《はしか》みたいな初恋に我を忘れたんだろう？　だが離れたことで我に返り、自分の立場を思い出した」

「なるほど」

「――とは言いにくいな。さすがに」

正恭の心中を考えてか、彼はため息をつく。

「それにあの件も気になる」

「あの件？」

「祥子祖母さんが小北の婚約を妨害したっていう……」

「あぁ……」

「ひとつだけ考えられるのは――」

こめかみに手を添え、彼は記憶をたどるように虚空《こくう》を見つめた。

「彼女は結局、家の決めた婚約者と結婚したんだが、夫の邦夫《くにお》は絵に描いたようなろくでなしでな」

「え――」

「とにかく女にだらしない人だったようだ。おまけに仕事もせずに遊んで暮らす昭和のニート――あぁ、言いたいことがあるのはわかる」

「何も言ってませんよ」

「『おまえ人のこと言えた義理か』って目が言ってた」

「そこまでひどいことは考えてません！」

賢人は声を張り上げて疑惑を否定した。

……まぁ、ちょっとは「ん？」って思ったけど。

胸の中、小声でつけ足していると、馨はそれを見透かすように睨《ね》めつけてくる。

「言わせてもらえば、俺は自分の稼いだ金でふらふらしてるんだ。だが邦夫は婚家の身代《しんだい》を食いつぶすだけだった。放蕩《ほうとう》がたたって四十半ばで病死した時には、みんなホッとしたそうだ」

「そうだったんですか……」

　賢人は正恭の証言を思い返して言った。

「ということは、祥子さんはそんな恵まれない結婚生活の中、過去の恋人から熱烈な手紙をもらったわけですね」

　馨もうなずく。

「小北は、ひどい形で約束を反故にされたにもかかわらず、変わらず彼女を想い続けた。そこで彼女の恋心にふたたび火がついたって可能性ならある……かもしれない……」

　歯切れの悪い言い方に、首をかしげる。

「何かおかしいですか？」

「イメージに合わないいと思ってな。俺が知る限り、祥子祖母さんは道ならぬ恋に身を焦がすような柄じゃない。色恋沙汰《ざた》よりも、責任を全うすることを重視するタイプっていうか……、かなりクールな人だった」

「でも――人間ですから、誰かを好きになってしまうという感情ばかりは、あり得ないとは言い切れませんよね」

「百歩譲ってそうだったとして、だ。あれだけ家のために腐心《ふしん》していた人が、下手をすると醜聞《しゅうぶん》を招きかねないリスクを冒《おか》してまで、昔の男の婚約を邪魔するっていうのも妙だ」

「そうですか……？」

何十通も思いの丈《たけ》をつづった手紙をくれた相手が、自分でない女性と結婚すると知って、どうしても許すことができなかった。少々身勝手な話ながら、それで説明はつく気がするが。

しかし馨は複雑そうな面持ちでつぶやいた。

「たぶん縁談をつぶしたのは恋心からじゃない。……小北と婚約しようとした相手を探せばはっきりするだろう」

浮かない顔である。自分で結論を導き出しておいて、その結果に釈然としていないようだ。

その様子から、彼が心情的には完全に正恭に肩入れしていることを察し、そっと付け加えた。

「小北さんのためには、恋心からであってほしいですよね」

馨はだまって腕を組み、何かを考えているようだったが、やがて重い口を開く。

「……小北と初めて会った頃、俺は色々あってくさっていた。好きで来たわけじゃないって、言うことも聞かなかった。そんな俺をあの人はおおらかに受け入れて、親身になってくれた」

「――……」

「おかげで俺も、いつまでもふて腐れているわけにはいかなくなった」

秘密主義の彼が、めずらしく自分のことを話している。それに軽く驚いていると、彼は自分でも今気づいたというかのように一度言葉を切り、ものやわらかな笑みを浮かべた。

「国外追放が思いのほか楽しめたのは、あの人のおかげだ」

「国外追放？」

「留学とも言うな」

「普通は留学って言いますよ」

「だから小北が帰国したら恩返しをしようと思っていたんだが――」

顔を片手で覆《おお》い、彼はひどく悩ましげに嘆息《たんそく》した。

「このままだと大手術前にとどめを刺すことになりそうだ」


その日も閉店後に美紅が訪ねてきた。

真鍮《しんちゅう》のドアベルを鳴り響かせて入店してきた彼女は、賢人が文庫を十冊ほどカウンターに積み上げげレジ打ちしているのを見て、大きな目をパチパチさせる。

「何してんの？」

「買うんです」

　とたん、彼女は心配そうに柳眉《りゅうび》をひそめた。

「え、ちょっと……バイトに購入ノルマ作るほど売れてないの？」

「ちがいます！」

　縁起でもない予想を全力で否定する。……まぁ売れてるとも言いがたいのだけど。

「自分が、書店員をやっているわりに読書量が足りないようなので、ひとまず名作と言われているものだけでも全部読んでみようかと思って」

「へぇ……」

「ポップもたくさん作ることができますし、一石二鳥ですから」

「なるほどねー」

　さほど興味なさそうにうなずいて、美紅は積まれた文庫の中の一冊を手に取った。

「うわ」

　中を開き、きれいな顔をしかめる。

「字ばっか……」

「美紅ちゃんは普段、どんな本を読むんですか？」

「ファッション誌ー。あと友達の間ではやってるマンガとか？　まわってきたら読むよ」

ぱらぱらとページを進める美紅を眺めているうち、このところ気になっていたことを思い出した。

暁の件である。以前、夜にちょくちょく店先をうかがっていたらしい彼は、プチ失踪《しっそう》事件（？）を起こした際、馨に連れられて実家に戻った。それ以降、一度も姿を見せないのだ。

やはりひどく怒られたのだろうか。そして来にくくなってしまったのだろうか？

そんな心配と共に訊ねると、彼女は軽く返してくる。

「抜け出すタイミング計ってるだけだと思うよ？　もちろん叱《しか》られはしただろうけど……、あの子あれでなかなか打たれ強いっていうか、めげないっていうか」

「美紅ちゃんは先輩と会っても怒られないんですか？」

彼女はくすくすと笑った。

「アタシは大事な跡取り息子じゃないし。そもそもバイトや夜遊びでもともと手がつけられないから」

「――美紅ちゃん」

「気になる？」

きれいな少女は、ちらりと目線を上げて意味深にほほ笑む。

「なんで馨がこんなにウチの人達に嫌われてるのか――何をやらかしたのか、……知りたい？」

「それは――」

興味がないと言えば嘘《うそ》になる。いや、むしろかなり興味がある。

八年前、と正泰は言った。つまり馨が賢人と共に学校生活を送っていた時期だ。

その時期に、自分の知らないところでいったい何があったのか……。

「教えてくださいってお願いされたら、教えちゃうかも」

誘うように、美紅がわずかに小首をかしげる。しかし。

「……いいえ」

しばし考えた末に、賢人は首を横に振った。

「話したいなら、先輩は自分で言うはずです。そうでないなら――あの人が知られたくないと思っているなら、こっそり探るのは気が進みません」

「――……」

「……気にならないわけじゃありませんけど」

正直なところもつけ足しておく。と、彼女は「ふふふ」とおかしそうに笑った。

た。


「好きだなぁ、そういうとこ」

「え？」

含みのある発言にどきりとする。けれどその直後、彼女は見透かすようにフフンと笑った。

「──って、たぶん馨も思ってるよ」

「……どうでしょうね」

あぁまた年下の子にからかわれた。自省しつつレジ締めを始めると、美紅は軽い口調で言う。

「ま、そんなわけで馨はウチの人に接触しにくいから、たぶん何か調べるとしたらアタシと賢人の役目になると思うんだよねー」

「……僕？」

「あったりまえでしょ？　アタシひとりにやらせるつもり？」

「……いえ。そんなことは……」

もごもごとした答えに、彼女は機嫌よさそうにパタンと音を立てて文庫を閉じた。

「じゃあ決まりね！　……とはいえアタシ、お祖母様の話がちょっと信じられないんだけど」

「え？」

「だってあの人って、お家大事で他のことは全部後まわしってタイプの人だったから。若い頃とはいえ、家を捨てて彼氏と外国に逃げるとか、ちょっと信じられないっていうか」

（先輩と同じこと言っている……）

どうやら彼らの目に映る祥子は、賢人がふたつめの白昼夢で見た冷ややかな佇《たたず》まいを、さらに堅苦しく強硬にした印象のようだ。

好きだった相手にだまされたと思い込み、結婚相手にも恵まれずに苦労した年月が、彼女をそんなふうに変えてしまったのだろうか。

美紅はカウンターに両肘《りょうひじ》をついてもたれかかり、レジ締めの作業をする賢人の手元に目を向けてくる。

「あの人、お花をやってたから、よく花を生けてるとこを見たけど……無表情なんだよね。なんていうか、ハサミの音が妙に恐くて……」

重ねた両腕の上に顎《あご》を乗せ、彼女は誰へともなくつぶやいた。

「なんか近寄りがたい雰囲気で、アタシは苦手だったな」

「やぁ。精が出るねー」

「あ、……どうも……っ」

翌日の昼過ぎ。購入する本を片手にレジカウンターの中をのぞきこんできたのは、常連のおじさんだった。

例によって、隙間時間を利用してポップ作りに励んでいたところである。

不透明の水性サインペンで書いたタイトルを、彼は興味深そうに眺めてきた。

「カフカか。一昨日はサルトルだったたっけ？」

「そうなんです。最近、自分の中で名作文学週間で……」

「いいんじゃないの。若者の感覚でじゃんじゃん紹介してよ」

「でもちょっと売り場にポップが増え過ぎちゃってるんで、そろそろ間引きしないと……」

頭をかくと、常連さんは声を立てて笑った。

「片づけたものはもらえるんだよね？」

「ええ、欲しいという方に差し上げてます」

本職が絵本作家であるため、賢人はポップ作りにも力を入れている。推薦のコメント等はいたって普通だが、レイアウトやイラストは、作品ごとに雰囲気に合わせて画材やカラーを変えるなど工夫を凝《こ》らしていた。そのせいか、気に入って欲しがってくれる人が少なからずいる。

「じゃあもし『谷間の百合』のを作ったらちょうだい。今から予約しとく」

「『谷間の百合』？」

どこかで目にしたタイトルだ。そう思いながら訊き返すと、相手は「知らない？」とちょっと残念そうに言った。

「バルザックだよ」

「あぁ……」

その言葉に、タイトルをどこで見たのか思い出す。世界名作百選の中でわりと上位に紹介されていたため、先日買ったのだ。積読本《つんどく》のどこかに入っている。

「お好きなんですか？」

「そう、俺の青春のひとコマ。大学ん時、ちょうど片想いをしてる最中に読んでさ。もう感情移入しまくり」

昔を懐かしむように言い、常連さんは「あはは」と笑った。

その説明によると、主人公は二十歳になって初めて舞踏会に参加した貴族の青年。彼はそこでとある伯爵《はくしゃく》夫人に一目惚《ぼ》れし、激しく恋い焦がれるものの、貞潔な伯爵夫人はその想いを決して受け入れようとせず、友人としての関係を保つ。しかしその後病に倒れた彼女は、死の間際に青年を愛していたことを告白する――。

（――ん？）

話を聞いているうちに、ハッと思いついた。

『青年が淑女に憧れる話で――』

『青年は女性を強く想っていたのですが結ばれることはなく、女性は死んでしまうのです。けれどいまわの際に、実は女性も青年を想っていたことが明らかになって――』

正恭が言っていた小説というのは、その作品なのでは？

気がついた賢人は、常連さんを見送ったあと、ひとまずアトリエに積んでおいた文庫を確認した。そして思った通り、その中に探していたタイトルを発見する。

「あった……」

次はこれを読もう。そう決めて文庫本を手に取ると、二階から階段を下りてくる足音が聞こえてきた。

「賢人、いるか？」

「あ、はい。こっちです」

急いでアトリエから出て行ったところ、姿を見せた馨は、何かを言う前に賢人が手にしていた本に目をとめた。

「『谷間の百合』――」

「はい、小北さんが探していた作品の特徴に合うので、ひとまず読んでみようと思って」

「なるほど。フェリックスとアンリエットか」

「読みました？」

「昔な」

「どうでした？」

「んー、純愛と肉欲の狭間《はざま》で苦悩する青年が、純愛に焦がれつつ、肉欲に負ける話だ」

「……身も蓋《ふた》もありませんね」

なんだか正恭や常連さんの話とずいぶんイメージがちがう。

「どこか印象的なシーンとかありました？」

「印象的……――ある意味忘れられない箇所なら」

遠い過去を見つめる眼差しで宙を見つめ、彼はくちびるにほのかな笑みを刷《は》く。

「フェリックスが伯爵家に泊まった日の夜、自分がこんなにも劣情《れつじょう》に苛《さいな》まれて悶々《もんもん》と眠れずにいるんだから、伯爵夫人もそうにちがいないって考えて、こっそり夫人の部屋に忍んでいくんだ。けど床に這《は》いつくばって扉越しに耳を澄《す》ませたところ、部屋の中からは規則正しい寝息が聞こえてきたんで、がっかりして客室に戻るっていう――」

「……ろくなシーンを覚えてませんね」

　ダメだ。この人と話していると、フェリックス像に変な先入観を持ってしまう。まずは自分で読んでみよう。そう考え、文庫本をレジの脇に置いた時、馨はクスクスと笑いながら言った。

「でもラストは良かった。アンリエットの最期のシーン」

「へぇ。どんな?」

「読んでみろ」

「そうします——そういえば、何か用があったんですか?」

　先ほど名前を呼ばれたことを思い出して訊ねると、相手は「あぁ」とうなずく。

「昔、小北が婚約したっていう女を見つけた」

　名前は永井椿《ながいつばき》。祥子の中高時代の同級生で、今は鎌倉《かまくら》でお茶の師範をしているらしい。

「生徒は知り合いの子女に限っているそうだが、美紅が子供の頃、彼女の稽古《けいこ》に通っていた」

「なんと」

　意外なつながりに目を丸くしていると、馨はメモ用紙を一枚、ひらりと渡してきた。

「というわけでおまえ、今週末にでも美紅と一緒に彼女に会って、小北との婚約の顛末《てんまつ》について聞いてこい」

「――――はい？」

「もちろん篠宮の使いだって言っておく。――広義では嘘じゃない」

「でも厳密には嘘ですよね……」

「仕方ないだろう。美紅が、おまえが行くなら行ってもいいって言ってるんだ」

「はぁ」

それなら聞いた。自分ひとりに押しつけるつもりかと、ふくれていた。

馨は肩をすくめる。

「デートしたいって言ってたじゃないか、この間」

「確かに言いましたけど……」

そこにつなげるかと詰まる賢人に向け、彼はかけらも悪びれる様子なく肩をたたいてきた。

「なら決まりだな」

ママレード書店の定休日である日曜日。鎌倉駅の改札で美紅と待ち合わせをした。

「や!」

小走りで近づいてきた彼女は、オフホワイトのコートの下にハイネックの黒のセーターと、ターコイズブルーのフレアスカート、そしてスカートと同色のトルコ石を連ねた目立つ首飾りという姿である。

シックな中にも快活な女性らしさを感じさせる格好は、もともとの美貌《びぼう》や、すらりとしたモデル体型に、まぶしいほどよく似合っていた。

あまりにも人目を引いているため、一緒に歩くことに気後れしてしまうくらいだ。

賢人自身は、オーソドックスなチェック柄のシャツに、フード付きのシンプルなハーフコートである。すっきりとまとまってはいるが、我ながらどうにも普通だった。

(眼鏡だし)

気恥ずかしさをごまかすように、黒縁の丸い眼鏡を指でちょっと押し上げる。

目指す家は徒歩の場合、三十分弱だという。しかし休日の鎌倉は車道が恐ろしく混み合うとのことだったので、やはり歩いて行くことにした。

とはいえ歩道が空《す》いているかといえばそんなことはなく、美紅は行く先々でいろんな店先に引っかかる。そのたびに賢人もはしゃぐ彼女にふりまわされ、結局、目的地に着いた頃には一時間近くたっていた。

「けっこう時間かかったねー」

かけた当人の他人事のような口ぶりに苦笑しつつ、それが思いのほか楽しかったのも事実であるため、「そうですね」と返すにとどめておく。

永井椿の暮らす家は、高台の林の中にある大きくて古風な民家だった。ぐるりと敷地を囲う古びた白壁の中、厳《いか》めしい門がやたらと目立っている。その前に立ち、賢人は呼び鈴を鳴らした。

「すごいお屋敷ですね……」

「先生のご主人は鎌倉で有名なお金持ちだもの。彼女自身、江戸時代から続く老舗《しにせ》の漆器《しっき》問屋の娘なんだって」

「はぁ……」

（そういう世界ってあるんだなー）

のんびりと考えつつ、馨の言っていたことの意味をなんとなく悟った。椿は、祥子と同じく裕福で家柄のいいお嬢様だったということだ。

正恭が出世のために自分を踏み台にしようとしたと考えていた祥子なら、彼と椿との婚約に同じような目的を疑い、待ったをかけるかもしれない。彼への想いを断ち切れず、嫉妬《しっ》《と》心《しん》から思わず妨害の手をのばしてしまったというよりは、その方が説得力があるように思える。

「まぁまぁ、美紅さん？　大きくなって……」

畳敷きの和室に通され、五分ほど。姿を見せた椿は、おっとりとした雰囲気の和装の老婦人だった。

「こんにちは、先生」

美紅は、それまでの奔放《ほんぽう》な振る舞いが嘘のように居住まいを正して指をつき、優雅に頭を下げる。

「大変ご無沙汰《ぶさた》しています」

「いいのよ、そんなにかしこまらなくて。……そちらの方は？」

あまりにも予想外のものを目にした驚きにぽかんとしていた賢人に、美紅はさらなる追いうちをかけてきた。

「坂下《さかした》賢人さん。今おつき合いしている人です」

「――――!?」

（えっ、そういう設定？　だったっけ……？）

突然のなりゆきに動転していると、老婦人――椿はこちらを見て、「あらあらまぁ……！」と驚き、賢人の上から下まですばやく目を走らせてくる。

「やさしそうな人ね。背が高くて格好いい、ステキな人だわ。でもなんだか……目を白黒させているよう。どうかなさったの？」

「――いえ」

ボロがでないよう短く答えるこちらを尻目に、美紅はころころと可愛《かわい》らしく笑った。

「きっと緊張しているんです。こんなに立派な和室はそうそう目にしませんもの」

「まぁまぁそんな……」

椿もまた、たおやかに笑って返してくる。

それからふたりは賢人を抜きでしばらく、自分と周囲の近況を報告し合う雑談に花を咲かせた。

頃合いを見計らって美紅が、事前に馨から言われた通りに話を切り出す。

曰《いわ》く、これは篠宮家が改めて小北を受け入れるにあたっての、ちょっとした確認であること。椿の目から見て小北はどんな人柄か。婚約の破談に際してどのような経緯があったのか。

突然持ち出された過去の話に、椿は虚《きょ》を衝《つ》かれたようだった。

「正恭さんは……いい人でしたよ。出会った時は、大きな商社の社長さんの秘書をしていましてね。物静かで、知的で、誠実で、品が良くて……もちろん優しくて。イギリス帰りの彼は、私の目には大変な紳士に見えて……、あっという間にあの人に夢中になってしまったの。父を通して商社の社長さんにもお力添えをいただいて、婚約まですするところぎ着けました。でも……」

そこで言葉を切り、彼女はやや顔を曇らせる。

「正恭さんは優しい人だったけど、私にはどうしても彼の心が見えなくて。そんな折、祥子さんとの話をどこからか耳にしたのです。私は……いてもたってもいられなくなり、祥子さんを訪ねてしまいました」

(――え？　椿さんの方から祥子さんを訪ねた……？)

耳にしたのとはちがう話に目をしばたたかせる。

椿はさらに続けた。

「祥子さんに正恭さんとのことを訊ねたところ、あの方は関係をきっぱりと否定されました。家庭教師と生徒以上の関係であったことは一度もないし、彼が屋敷を離れたあとに連絡を取ったこともないと――」

「――――……」

賢人は美紅と視線を見交わした。

(どういうこと？)

彼女の眼差しもそう言っている。祥子は、正恭と椿の結婚を邪魔したのではなかったのか。

疑問に答えるように、椿の言葉に感情の色が灯《とも》った。

「ですが正恭さんはちがいました。私が祥子さんの名前を出すと、彼はとたんに顔色を変えたのです。その瞬間、私は彼が祥子さんに強く想いを寄せていることに気づきました。……気づかないわけにいきませんでした。そして悔しくなってしまったのです。ひどく嫉妬をして、苦しくなり――最終的に婚約を解消してもらいました」

老婦人は目を伏せ、すまなそうに言う。

「ですが当然ながら父や社長さんに説明をしなければならなかったため、私は……祥子さんから、清い関係とはいえ正恭さんといまだに想い合っているという話を聞いたことにしたのです。……今思うと、大変申し訳ないことをしました」

賢人と美紅がママレード書店に戻ると、気配を察したらしい馨が下りてきたため、そのままカウンターで報告会となった。話を聞いた彼は、壁によりかかって腕を組み、難しい顔をする。

「てことはなんだ。祥子祖母さんは小北の縁談を邪魔してはいなかったってことか?」

「そうみたいです」

賢人がうなずくと、美紅も投げやりに付け足した。

「元カレからメールが来ても完ムシ。かつ元カレが他の女の子とつき合うことを気にしない。……これ普通に考えて、もう好きでも何でもないってことだよね」

永井宅での楚々《そそ》とした振る舞いはどこへ行ったのか、カウンターに頬杖《ほおづえ》をつき、骨折り損にすっかりくたびれモードである。

「ん? これ何?」

レジをのぞきこんだ彼女は、パソコンに立てかけるようにして置かれた文庫を手に取った。賢人が読み終えた『谷間の百合』である。

「小北さんがその本を探していたようなので、譲ろうと思って」

「ふぅん」

そして、ふと思い出して馨を振り返る。

「先輩の言っていた通り、ラストが良かったです。フェリックスとアンリエットの関係が、美しいままで終わらないところが特に」

賛同を得て、彼はうれしそうに軽くほほ笑んだ。

「だろう――」

『谷間の百合』のラストはこうだ。

夫のいるアンリエットは、決してフェリックスの想いに応《こた》えることはなかったが、やがてあることをきっかけに深刻な病に冒されてしまう。死に瀕《ひん》している彼女を、フェリックスが見舞いに行ったところで山場を迎える。

貞淑な伯爵夫人、誰の目にも清らかなアンリエットが、恥も外聞もかなぐり捨てて、フェリックスへの愛を赤裸々《せきらら》に告白するのだ。今までの自分は虚像と言い放ち、フェリックスの情人を罵倒《ばとう》さえする『聖女』の姿に、伯爵と子供達、フェリックス、そして読者までもが圧倒されてしまう。

青年の情熱は、頑《かたく》なな淑女の心をそれほどまでに動かしていたのだ――

正恭がフェリックスに自分を重ねていたのだとすれば、この結果に胸を打たれたことは想像に難くない。この小説は彼の願望そのものと言っていいだろう。

（そう――……）

馨と視線が重なり、彼も同じことを考えているのだと、何とはなしに察した。

小説とちがって現実はさほど劇的ではなかったのでは。……つまり祥子が正恭に気持ちを残していたというのは、彼の思いちがいなのでは。

すべては、そうであってほしいという彼の願望にすぎなかったのではないだろうか。

憂鬱な予測に、その場に重い沈黙がおりた。


「願望ではありません」

夜、遅い時間にママレード書店にやってきた正恭は、向かい合う賢人と馨に向け、静かに首を横に振った。

「その証拠に……、私が自分の商売を立ち上げて以来、行き詰まるたびに不思議なほどのタイミングで新しい取引先が見つかりました。その代表者や重役は大抵、篠宮家とつき合いのある方々で……彼らは言葉を濁《にご》しておりましたが、私はきっと祥子様のお口添えにちがいないと踏んでおります」

「――――……」

可能性は否定できないが、もしかしたらたまたま重なったのかもしれない。

そう考えていると、彼はさらに続けた。

「また過去にあの方の誕生日をふたりで祝った思い出のある茶室に、祥子様は毎年、誕生日になるとひとりでお出かけになっていたとも耳にしました」

「――――……」

「それに……そう、香りもです」

反応の薄い賢人と馨に向けて、彼はなおも言い募る。

「祥子様は若い頃、柊《ひいらぎ》の香りのする香水をつけることがありました。一度、よくお似合いですと私が申し上げたところ、私と一緒にいる時はいつもその香りをまとわれるようになりました。――再会した際も、そのあとも、ずっと」

（そうかもしれないけど……でも単にお気に入りだったのかもしれないし……）

その後も正恭はいくつかの根拠を挙げたが、どれも主観的にして些細《ささい》なものばかりだった。

こちらが反応に困っていると、彼はそのことに気づいたように声を詰まらせる。しかしやがて、迷いを振り払うように口を開いた。

「あの方は、みんなが思っているような人ではありません。つまり……責務ばかりを優先する冷淡な人柄などではありません。本当は驚くほど不器用で、人づき合いが苦手なだけなのです。実際――」

正恭は馨の方を向いた。

「これは言うなと止められていたのですが、八年前、馨様の留学について私に知らせてきたのはあの方です。私から受け入れると申し出たというのは、実のところ真実ではありません。あの方が私に、馨様を頼むと言われたのです」

「――……なんだって？」

「あの方は私に、できる限り馨様の力になってほしいと頭を下げられました。……馨様は過《あやま》ちをおかしたものの、そのような状況に追いやったことに関しては、自分達にも責任があると」

「――――……」

耳にした真実にだまりこむ馨へ、正恭は深くうなずく。

「また美紅様が中学に進学され、振る舞いが目に余るようになった時期にも、どう叱責《しっせき》したものか相談しに来たご両親に、祥子様は放っておくよう言われました。美紅様はきちんと物の善悪をわきまえており、また周りに流されるたちではないから大丈夫だと」

（なるほど。ちゃんと人を見てはいたんだな……）

彼の語る祥子像に、そんな感想を抱く。

馨や美紅から聞いた話では、自分の価値観を絶対とし、その中に人を押し込めるタイプのように感じていたが、どうやらその限りではなかったようだ。だがそれは、他の人々にはあまり知られていなかったらしい。

難しい顔で沈思《ちんし》する馨の様子にそう察し、自分の中の祥子のイメージを修正する。

正恭は歳《とし》のせいか震える声にいっそう力をこめた。

「あの方は、ご自分の感情を外に表すことが人並み外れて不得手なのです。それを正しく理解しているのは、百合子様と私だけでした――」

＊

（これは――――）

頭の中に飛び込んできた光景に、賢人は少しとまどった。

いつもの白昼夢である。

そして賢人は焦げ茶色を基調にした趣《おもむき》のある洋室にいた。少しだけママレード書店の店内と雰囲気が似ている。古い洋館のようだ。

（どこだろう？）

記憶の主はアンティーク調の美しい書き物机の前に立ち、ゆっくりと引き出しを開けた。中には封書がたくさん入っている。またあふれるばかりの千切れた紙も一緒に保管されていた。手紙だろうか。バラバラになった紙片には整然と文字が並んでいる。

その時、ふいにどこからか声がかかった。

『――百合子様？　何かお探しですか？』

気遣う言葉に、張りのある落ち着いた声が答える。

『いいえ。いいかげん、お姉様の最後の遺品を整理しなければと思うのだけど……本当に悩むわ、これ。どうすればいいのかしら……』

『無理して整理する必要もございませんでしょう』

『そうね。ひとまず私の手元に置いておきましょう』

そして彼女は自分の肩から外した、目にも鮮やかな深紅《しんく》のショールで、引き出しの中にある封書と破れた紙片とをすべて包んだ。


プルルル……という、短い着信音のあとに電話機からファックスが吐き出されてくる。

賢人は、いつもよりは穏やかに我に返り、手の中の水彩色鉛筆をにぎり直した。

平日の夕方。例によってレジにいる隙間時間に、ポップを作っている最中である。

ラフな絵を仕上げたあと、細い絵筆を使って水で色を溶いていくと、緑の美しい谷間に、百合の花のようなドレスを身につけた貴婦人を配した絵が完成した。

タイトルは目立つように油性ペンで書き入れ、あとは売り文句を入れれば完成である。

のだが――

「売り文句どうしよう……」

つぶやき、油性ペンでこめかみをかく。

『純愛の壮絶なラスト』ではありきたりだ。が、他にいい案が浮かばない。

「うーん……」

悩んでいたところ、凛《りん》とよく響く声が答えた。

「最近の傾向として、売り文句はモテにつなげるといいらしいよ？」

同時に、目の前にすっとファッション雑誌が差し出されてくる。

「美紅ちゃん」

閉店を待たずに来たらしい美紅が、カウンターの上に置いた雑誌のインデックスを指さした。

「ほらね」

「……本当だ」

色とりどりのファッションアイテムやモデルの写真が、これでもかというほど詰め込まれたそのページには、『モテ☆コーデ決定版！』『小悪魔メイクでモテる！』『この冬のモテひとりじめ！』などの文字が躍っている。

確かに、よく考えると最近は服を買いに行っても、髪を切りに行っても、飲みに行っても、どこかしらに『モテ』を使った売り文句を見かける。

（ということは、だ）

頭の中でシュミレーションをしてみる。

『情熱的な純愛でモテる！』……よくわからない。

『名作でモテひとりじめ！』……うーん、あとひと押し。

『この冬のモテ☆読書決定版！』……これならまぁ、ありかも？

試しにタイトルの下に入れてみると、やや堅苦しかった画面から緊張感が消え、いい雰囲気だった。そしてイラストの脇にあらすじを書こうとして――ふと手を止める。

「美紅ちゃんは字、きれいですか？」

「よそ行き用？　それとも仲間内用？」

「素の字」

「どっちも素だよ」

美紅はクスクスと笑った。

「永井先生の家で見せた、あれもアタシ。恐いものなしの十代キャラもアタシ。貸して」

差し出されてきた手に細いペンを渡し、少し前の出来事を思い出す。

「鎌倉の、あれには驚きました」

「惚れ直した？」

「はは……」

「正直に言いなよ」

　ふざけ口調で、彼女はやわらかく言う。

「オシャレしたんだよ。賢人のために」

　そんな言葉と共に、ぬれたように輝く黒い瞳でちらりと見つめられ、心臓が音を立てる。

　思わず息を呑むこちらに向けて、彼女はにっこりと笑った。

「――できた」

　見れば、そこには丸っこいながら丁寧に書かれた文字が連なっている。賢人自身が書く文字よりも若々しく、イラストに合っている感じがした。

　うれしくなって、思わず顔がほころぶ。

「かわいい字ですね」

「字だけ？」

　くすぐるように見上げてくる眼差しにどう返すか迷っていたところ、チリンチリン、と店内に真鍮を打ち鳴らす音が響く。

「いらっしゃいま――暁くん……？」

「来ちゃった……」

小さく言って、はにかむように笑ったのは、小学生の男の子だった。馨の弟、暁である。

「暁、あんた――」

強い口調で呼びかける美紅に向け、暁はにぎりしめていた図書カードを印籠《いんろう》のようにかざした。

「本！　……買いに、来たんだもん……」

「いらっしゃい」

賢人が言うと、彼は安心したようにカウンターに近づいてくる。

「元気？」

「うぅん、最近あんまり外に出られなくて。退屈」

「学校終わったあと、友達と遊ばないの？」

「みんな遠くに住んでるから」

暁はつまらなそうに返した。

彼の通う私立校は電車で通学する生徒ばかりであるため、家に荷物を置いてから遊ぶために集まるということはないのだという。

つまり、例のあまり親しみを持てないというお世話係の人と過ごすわけか。

同情が顔に出てしまっていたのか、彼は何でもないことのように続けた。

「でもしばらくおとなしくしてたら、あの人また世話の手を抜き始めたから、抜け出してきたんだ」

可愛らしい顔でにこりとほほ笑み、なかなか油断のならないことを言う。そして賢人と美紅以外、人のいない店内をぐるりと見まわした。

「小北さんも来てるかなって、ちょっと期待してたんだけど……」

少年の口から思いがけない名前が出たことに、美紅と顔を見合わせる。

「小北さんを知ってるの？」

「うん。祥子お祖母様の友達だった人」

「友達？」

「友達でしょ？　だってよくふたりでお茶を飲んでたし。祥子お祖母様、小北さんと一緒にいる時、とっても楽しそうだった」

美紅は疑わしげにつぶやいた。

「楽しそうに、友達と、お茶？　あの人が……？」

「……晄くんは、祥子さんが恐くなかったの？」

賢人が訊くと、彼は「恐くないよ?」とあっさり返してくる。

「あの人、全然しゃべらないからボクがいっぱいしゃべることできるし」

「なるほど……」

「あと昔、散歩の時に、いつも春夏《はるか》がしてくれてたみたいに手をつなごうと思って、祥子お祖母様の手をにぎったら、ビックリして固まっちゃったの。引っ張ったらロボットみたいな歩き方して」

くすくすくすと、晄は人なつこい笑い声を立てた。

孫に引っ張られ、ぎくしゃくと歩く老婦人の姿が目に浮かぶようで、ほんのりと胸が温かくなる。

「それに、一緒にお出かけする約束をした日にボクが風邪引いちゃった時、行けなくなってがっかりさせたかなって思ったら、部屋に生け花が届いたの。どーん、ってすっごい大きなやつ。春夏が『早く良くなってってっていう励ましですよ』って言ってた」

「えぇぇ!? うっそぉ……!」

美紅はとうとう声を張り上げた。

「そんなとこ見たことないよ! ……わかった。アレだ。歳取って人間丸くなったとか、そういう……」

「晄くんは祥子さんを恐がらなかったわけだし、そのせいもあるかもしれませんね」

苦笑まじりに返しながら、賢人は、正恭の言葉のうちの一部分が妙に引っかかるのを感じた。

『これは言うなと止められていたのですが――』

馨を気遣ったことについて、祥子はそのように小北に口止めをしていたという。

（それって、その時だけだったのかな……？）

彼女は、自分の心遣いを相手に知られることを嫌がっていたようだ。だとすれば、他にも口止めをさせていた人がいたのではないか。

例えば、正恭の商売を助けたという取引先の人々――祥子とのかかわりについて言葉を濁したという彼ら。そして――

賢人があることに思い至った時。

「あのさ。この間の法事の時に聞いたこと、今思い出した……」

しばらく絶句していた美紅が、ややあってそんなことを言う。

「お祖父様《じい》は、本当は百合子お祖母様のことを気に入ってたらしいの。結婚する相手を変えてくれって、ひいお祖父ちゃん相手にごねたみたい」

「あの……問題の多かったっていうご主人ですか」

「うん。でも結局お祖母様と結婚したんで、百合子お祖母様は、当時つき合ってた大学の同級生と結婚できたんだって」

「てことは……恋愛結婚ですか？」

「そう。お祖母様とは対照的だよね」

平台に並ぶ本を見て歩いていた晄が、そんな美紅をちらりと振り返ってから、ふたたび売り場の絵本に目を落とす。

「祥子お祖母様が亡くなって、ボク悲しかったな。だってみんな、あんまり悲しがってないんだもん」

「そんなこと言ったって……」

あどけない声に、美紅は何かを言いかけて口をつぐむ。その様子には、よく知らない相手への決めつけをほんの少しだけ悔やむ色が、淡くにじんでいた。


ひとまず、姉の遺品である手紙を見つけて手元に保管することにしたという、あの光景の記憶を百合子に返さなければならない。

そしてもうひとつ、その手紙を必要としている人が、他にいるかもしれないことを伝えたい。

その夜、賢人はそう考えてアトリエにこもった。

白紙を前に思案した結果、今回は文章を入れず、絵だけで物語を表現することにする。

ページを割り振るためのダミーを作り、ざっと絵本のバランスを見たあと、それを元に本番の作業に入った。

まず黒のカラーインクを薄めた淡いグレーの線で、シンプルな輪郭《りんかく》を描いていく。

お年寄りが読むものであるため、あまり描き込みすぎず、キャラクターの表情や小物に工夫を凝らすことによって、ストーリーを推し量りやすくする。

そのストーリーも、なるべくシンプルになるよう心がけた。


主人公は家族を亡くした女性。遺品を片づけていた女性は、手紙の束《たば》を見つけ、それを布で包んで持ち帰る。

けれどふと思いついて、葬儀の日にそれを棺《ひつぎ》に入れる。

燃えて灰になった手紙は、亡くなった人の恋人のもとへ飛んでいき、その人に幻《まぼろし》を見せることによって、伝えそこなっていた故人の気持ちを伝える……。

祥子の気持ちを知りたがっている人がいる。

遺品である手紙を保管している百合子には、伝えることができるのでは。

そう気づいてもらえるように、手紙を包む布は、白昼夢で見た目にもあやな深紅のショールの色を、なるべく忠実に再現する。

三日後。完成させた絵本を、賢人は遊びに来た美紅に託した。

*

美紅から電話が来たのは、それから間もない夜のことだった。

『アタシが連絡する前に、百合子お祖母様から電話があったの！　永井先生から賢人の話を聞いたみたいで、一度連れてきなさいって言われちゃった』

「だから――」

賢人は額《ひたい》を押さえてうめく。

「ああいうことを軽々しく言わない方がいいですよ。周りを混乱させてしまいますし」

説教口調に、彼女はけろりと返してきた。

『いいじゃん。向こうが来いって言うんだし、一緒に行こうよ』

「あのですね」

『アタシだってそんなにつき合いないから、ひとりだとなんか行きにくいしー』

「そうはいっても……」

『姉はもういないから自分が孫娘の面倒を見なきゃ！　とか思ってるみたい。それでなくても去年と今年、続けて身内を亡くしたもんだから、噂によると最近落ち込んでるんだって。だからきっと、賢人が一緒に行ってくれたら孝行にもなると思うんだけどなぁ……』

「――――……」

孝行したいという気持ちを持つのは、よいことだと思う。何か手伝えるなら力になりたいとも思う。……だがしかし、そのために交際相手のご家族に挨拶などというシチュエーションになるのは、ちょっと。

かなり逃げ腰でそんなふうに考えていると、スマホの向こうで美紅がやるせないため息をつく。

『まぁ仕方ないか……。がっかりさせるかもしれないけど、それはうちの事情だし。百合子お祖母様が元気ないなんて賢人には関係ないことだし。そんな無理言われても困るよねー……』

妙に物わかりよく言われてしまうと、逆にじくじくと良心が痛む。

『残念だけど……、何か別の方法で励ますことにする』

「――――……」

スマホ越しに響く重い嘆息に賢人が白旗をあげるまで、そう時間はかからなかった。

何でも夫が健在な百合子は、馨の実家から少し離れたところに一家で暮らしているらしい。

大学で知り合い恋に落ちた夫とめでたく結婚し、その後二男一女に恵まれ、今では七人の孫がいるということだった。

「親戚《しんせき》が大勢いるんですね」

「まぁね。でも集まってもあんまり交流はしないし。仲いいとは言いがたいけど」

「そうなんですか？」

「みんなちょいリッチだから、ステータスを競い合う雰囲気があるんだよね。夫の仕事、年収、妻の羽振《はぶ》りのよさ、子供の進学先、就職先って、いちいち比べ合っててホントめんどくさい」

「はぁ」

「噂話や陰口《かげぐち》が蔓延《まんえん》してて耳障りだし……あ、ごめん。グチっちゃった」

「いえ。はなやかに見えてなかなか大変な世界なんですね」

「あ、でも百合子お祖母様は超然としてるっていうか、全然そんな感じじゃないから」

ママレード書店の近くでバスに乗りやってきたのは、元町《もとまち》から坂を上った先の高台にある、美紅の通う女子大だった。さらにそこを通り過ぎると、ほどなく山手《やまて》公園が見えてくる。

日本におけるテニス発祥の地である山手公園は、現在も敷地内に多くのテニスコートを有している。日曜日である今日、空いているコートはないようだった。冬の寒さをものともせずに、多くの人が楽しそうにプレーに興じている。

「あれー？」

テニスコートに面した道を歩いていると、ふいに美紅がコートのうちのひとつに目をやった。そして周りを囲うフェンスに走り寄る。

「おばーさま！　ちょっと、何やってんの!?」

その大声に、賢人はぎょっとしながら後を追った。

「美紅ちゃん？」

「あそこの……、あの人。あの人が百合子お祖母様」

指さした先では、白いテニスウェアの上下を颯爽《さっそう》と着こなした初老の女性が、美しいフォームでサーブを打っている。

ずばぁぁん！　と強烈なサーブが入ったあと、ラリーが始まった。コートでは『百合子お祖母様』を含めて同世代の女性が四人でプレーをしていたが、ラケットを振る勢いといい、ボールを追いかけて走る様といい、皆さん大変健康的で力強い。

その迫力におののきながら、賢人はゆっくりと美紅を振り返った。

「……最近落ち込んでるんじゃなかったんですか？」

「そう聞いたんだけど。……アレでもあの人にしては元気ない方なのかも」

言葉を交わしているうち、びしぃぃ！　と気持ちのよいボール音と共にポイントを取った当該女性が、小走りでフェンスの方へやってくる。そして姿勢のよい立ち姿で言い放った。

「美紅、サーブの途中で声かけるのやめてちょうだい。気が散るから」

「だって約束してたのに」

「もうそんな時間？」

意外そうに言って、百合子は賢人に視線を向けてくる。サンバイザーの下から見据《みす》えてくる眼光は、鷹《たか》のように鋭かった。それから美紅に向けてフッとほほ笑む。

「よかった。……あなたのことだから、タトゥー入れてピアスつけてる人が来るかもって覚悟してたのよ。もちろんそういう人は基本的にうちの敷居をまたがせませんけどね」

言い切る姿はいかにも強そうだった。いきがっているだけの若者など、気迫だけでたたき出してしまいそうだ。

やはりかなわないのか、美紅が小声で「大きなお世話」とつぶやく。

百合子はテニスウェアのポケットから鍵を取り出すと、頭上に向けて無造作《むぞうさ》に投げた。鋭角的な弧《こ》を描いてフェンスの上を越えてきた鍵を、賢人があわてて手をのばし、受け止める。

それを見届け、彼女は美紅に向けて顎をしゃくった。

「すぐに行くから先に入っててちょうだい」

そのあたりは高級住宅街のようで、道の両脇に建ち並ぶ家々はすべて大きく、瀟洒《しょうしゃ》な造りだった。もちろん百合子の家も例外ではない。

テニスコートからほど近い、門構えの立派な住宅のひとつに着くと、美紅は鍵を使って家に入った。

内部は個性的でモダンな趣だったが、人の生活を感じさせる程度に散らかっている。居間に入って大きなテーブルにつくと、賢人はテニスコートでの衝撃を引きずった声でつぶやいた。

「……僕、じつはちょっと疑問に思ってたことがあって」

「なに？」

「小北さんが、なんで直接百合子さんを頼らなかったのかってことです」

祥子のことを聞きたいなら、家と距離を置いている馨ではなく、百合子に訊いた方が手っ取り早いだろうに。そのことが少し引っかかっていたのだが、理由がなんとなくわかったような気がする。

美紅もうなずいた。

「たぶん恐かったんでしょ」

「ですね」

「百合子お祖母様は武闘派だから」

「武闘派？」

不穏な言葉を訊き返すと、彼女は小さく肩をすくめる。

「昔っからテニスが好きだったんだけど、市民大会とかでも負けなしで、絶頂期だったアラサーの頃なんか山手の女宗方《むなかた》って呼ばれてたらしいし――」

「……お蝶《ちょう》夫人じゃないんですね」

「ヨットレースもやるんだけど、そこでも男顔負けのセーリングに相模《さがみ》湾の女海賊《かいぞく》なんて呼ばれてて――」

「海賊って……」

「おまけに最近、ちょこちょこスピード違反で警察に捕まってるんだけど、それについて『若い頃はまいてたのに。捕まっちゃうなんて歳ね』って発言して、新しく老年暴走族の綽名《あだな》がついたとか何とか……」

「――……」

「まぁでも顔は良かったんで、学生時代は異様にモテたんだって。――あ、もちろん女子に」

「……何だか想像つきます」

「ちなみに愛車はアルファロメオのオープンカーね」

「色は赤よ」

突然聞こえてきた声に驚いて振り向くと、居間の出入口に百合子がいた。

「今お茶をいれるわね。紅茶でいい？」

言って、キッチンに向かうその姿は、先ほどとは打って変わって落ち着いたものだった。淡いベージュのスラックスに、チャコールグレーの柔らかそうなシャツ。肩にはオフホワイトのカーディガンをはおっている。髪をブラウンに染めてカラーグラスをかけた百合子は、若々しいばかりでなく、どこまでも洗練されていた。

賢人は接客の時など、歳の離れた女性とも平気で話す方だが、彼女の佇まいには何とはなし気後れを感じてしまう。

百合子はキッチンで香りの良い紅茶をいれながら、しばらく美紅と軽く雑談を交わしていた。しかしそのうちこちらに話をふってくる。

「坂下さん、仕事は何をしているの？」

「本業は絵本作家です」

「絵本作家……」

賢人が答えると、彼女の言葉が途切れた。その反応には慣れている。

おそらく、知らない世界であるためコメントのしようがないのだろう。

「児童書で有名な、大きな出版社から何冊か絵本を出してんの。本屋にちゃんと売ってんのよ！」

美紅が不思議なアピールをした。賢人は念のためつけ加える。

「いつもは書店でアルバイトをしています。篠宮馨先輩の――」

「あっ、バカ……っ」

思わずといった様子で言った美紅が、ハッと口を押さえる。

「――ママレード書店で」

静かにつけ加えた賢人を、美紅はくちびるをとがらせ、恨めしげに見上げてきた。

（でも……――）

と視線で応じる。馨と懇意にしていることを秘密にしたまま話すのは、だまし討ちのようで気が進まない。

その判断は正しかったようで、百合子は美紅をじろりと睨めつけた。

「何なの、美紅。そのことを隠して私と話をしようとしていたわけ？」

「や、……隠してってわけじゃないんだけど、……――」

「私に関して言えば、変に気をまわすのは逆効果よ。最初に言ってくれた方がいいわ」

話しながら、百合子は三人分の紅茶をのせたトレーをテーブルに運んでくる。

目の前に置かれたティーカップをにらみながら、美紅はぶつぶつと返した。

「でも話す前から反感持たれたくないしぃ……」

「私は中立。あの子と仲良くしてるからって敵視したりしない」

「じゃあ——」

「でも味方もしない。先に言っておくけど」

「えー」

「私はとっくに家を出た身だもの。お姉様がいなくなった今、かかわる理由もないわ。——それは坂下さんの作品？」

話題を変えるように、百合子は美紅が手にしていた包みに目をやる。

「あぁ……、うん。そう」

美紅は手にしていたものをテーブルの上に置いた。賢人が作り、包装紙で包んだ絵本である。

「これは手作りで、百合子お祖母様へのプレゼントなんだって」

差し出しながら言うと、百合子はそれを受け取って、明らかに社交辞令とわかる調子で応じた。

「本当？　うれしいわ。ありがとう」

しかし開いて目を落とすや、まるで客がいることを忘れてしまったかのように、じっと絵本を見つめる。そして文章のない本を読むには不思議なほど時間をかけて目を通すと、ややあって怪訝そうに口を開いた。

「……私が姉の手紙を持っていること、どうして知っているの？　いえ、待って――」

何かを考えるように、彼女はしばらく額を手で押さえる。

「……そう――そうだったわね。すっかり忘れていたけれど。夢を食べてしまう、あの猫……モモ？　じゃない、カキ？」

「ミカンです」

「そうそう、ミカン。……ええ、私も昔、何度か知らない人の記憶を見せられたことがあるわ」

「えっ……」

賢人は驚きに声を詰まらせる。まさかここでそんな話を聞くとは思わなかった。

しかしよく考えれば、ミカンと仲の良かった馨の曾祖父の娘なのだから、知っていても不思議ではない。

百合子は絵本から顔を上げた。

「あの手紙をどうしようか迷ってたの。正恭さんに渡した方がいいのか、渡さない方がいいのか。……だって今さら――」

「小北さんは、昔のことをどうしても知りたいと言っていました。強くそう希望して、マレード書店を訪ねてきたのです」

力を込めて賢人が言うと、百合子は絵本を腕の中に抱え込む。そして言葉を探すようにして、ぽつりぽつりと語り出した。

「姉は昔からきまじめすぎるというか……、表情が乏《とぼ》しくて口数の少ないたちで、人づき合いも苦手。でも求められる役割を果たせば人に必要とされると考えて、必死にそれを実行する人だったわ。正恭さんは、そんな姉に肩の力を抜くように言った、初めての人。やらなければならないことではなく、やりたいことを考えろって……、ハンサムで優しい家庭教師に言われたのよ。姉はあっという間にあの人に夢中になった」

懐かしそうに言いながら、百合子は複雑な笑みを浮かべる。

しかし、その頃すでに父親に代わって事業の采配《さいはい》を振るっていた兄はふたりの交際を認めず、正恭を英国に留学させてしまった。それでも祥子は、後から追いかけていき英国で共に暮らそうと、正恭とひそかに約束を交わした。ところが正恭が留学してしばらくたった頃、祥子は、彼にだまされていた、彼は大変な野心家であると言い出したという。

「それから間を置かずして、いきなり姉と婚約者の邦夫さんの結婚が発表されたの。私も驚いたわ。でも……後になってだんだんわかってきた。すべて私のためだったのよ」

「え……？」

美紅が息を呑む。賢人も思わず訊き返した。

「どういうことですか？」

「その時……私には真剣につき合ってる人がいて、結婚の話も出ていたから」

「え？　わかんない。なんで？」

重ねての美紅の問いに、百合子は絵本を抱える手に力を込めた。……思い出しても悔しいとでもいうかのように。

「今考えると……あの時姉は、もし邦夫さんと結婚しないなら、百合子にさせるとでも兄から言われていたんじゃないかしら。そんな気がしてならないわ」

「ひ……っどーい！　それって脅迫じゃん」

「つまり祥子さんは……、百合子さんを好きな人と結婚させるために、正恭さんとの約束をなかったことにして、婚約者と結婚したということですか？」

確認をすると、百合子は「そういう人なのよ」と難しい顔でうなずいた。

「さっきも言った通り、姉は心の中で思っていることがうまく表に出せないというか……、昔から人とかかわることが絶望的なまでに下手だったの。だから親しくつき合える人間が私の他にいなくて……。そのせいか、どんなことでも私に譲るし、私の望みを何でもかなえようとするきらいがあった。たぶん結婚についてもそうだったんだと思う」

しかし美紅が釈然としない様子で首をかしげる。

「でもひいお祖父ちゃんは？　あの人は政略結婚とか無理にさせるタイプじゃなくない？」

「そうね。そうだったんだけど……、折悪くその頃父は大病を患《わずら》っていて、それどころじゃなかったの。療養のために長野の家にいたし」

百合子によると、父親の不在中に当主としての実権をにぎった兄は、それを名実共に自分のものにしようと、あらゆる手段を講じたようだ。祥子の結婚もそのうちのひとつで、さる政治家一族が厄介《やっかい》払いしたがっていた鼻つまみ者の道楽息子を、後ろ盾になることを条件に婿《むこ》に迎え入れると約束した結果であるらしい。

「私は、無理してそんな人と結婚する必要ないって言ったんだけど、姉は『正恭さんのことで失敗したし、決まった人もいないから』なんて言って……結婚の話を進めてしまったのよね」

「――――……」

百合子の恋人がどんな人物だったのかはわからない。けれど結婚の話が出ていたということは、そうなっても不思議ではないと周りが納得する相手ではあったのだろう。

ひるがえって使用人の息子である正恭は、祥子との交際が知られるや、周囲がまず悪意を疑うほどに立場に差があった。想いを貫《つらぬ》くのは初めから無理があったと、祥子はあきらめてしまったのかもしれない。

（それにしてもひどいな。小北さんがあまりに気の毒だ――）

異国の地でその報を知った時の、彼の衝撃はどれほどだったか。

美紅も沈んだ面持ちでつぶやいた。

「小北さん、本気だったのにね。かわいそう……」

「結婚後も正恭さんからの手紙が絶えなかったことで、私はようやく真実に気がついたの」

それから姉に、せめて正恭には政略結婚であったことを伝えてはどうかと勧めたものの、姉はその必要はないと頑なに言い張り、決して口外を許さなかった。

「おそらく正恭さんに事情を話せば、きっと姉の力になろうとするでしょうし、中途半端に縛りつけるよりは、誤解させたまま関係を絶った方がいいと考えたんでしょうね」

そして双方の望まぬ結婚の末、大方の予想通り邦夫はほどなく妻を裏切る行為をくり返すようになる。

陰気な女、つまらぬ女と夫に言われ続けた祥子は、みるみるうちに昔の姿に戻っていった。すなわち――求められる役目を果たすことで周りに認められ、自分の心と立場を守ろうとしたのだ。不実な夫に悩まされたせいか、それは昔よりもいっそう顕著《けんちょ》になっていった。

「そんな事情があったんだ……」

美紅は複雑そうにつぶやく。

「いつも恐かったから、そういう人なんだとばかり……」

「それでも最後の数年はだいぶ当たりがやわらかくなったのよ。暁がいたから」

百合子は穏やかにほほ笑んだ。

「馨には厳しくするばかりで、去られてしまったものだから。暁には好きにさせてたみたい。そうしたらあの子、姉をとても慕って喜ばせてたわ」

その言葉に、突然暁に手を取られ、ロボットのように歩き出す女性の姿を思い浮かべる。

そして、さもありなんと考える。

「……そういう事情があったのなら、暁くんといい関係を築けたことは、きっと僕達が想像する以上にうれしかったでしょうね」

人とのつながりを求めつつ、なかなか得られずにいた人が、ぬくもりと共に求めていたものを得たのだ。おそらくそこには大きな感動があったにちがいない。

（暁くんはたぶん、自分のしたことに気づいていないだろうけど……）

視線を感じてふと顔を上げたところ、百合子がこちらを見ていた。見据える視線にまばたきをすると、彼女は美紅に向けて笑いかける。

「ちょっと待ってて」

そう言って席を外した彼女は、二、三分ほどで戻ってきた。手にはあの、鮮やかな深紅のショールの包みがある。

「ちょっと相談があるんだけど……」

テーブルの上で、ゆっくりと開かれたショールの中身を見て、美紅が大きな瞳をさらに丸くする。

「え。なにこれ――……」

百合子はそれをショールごと賢人の方へ押しやってきた。

「正恭さんに手紙を渡したいのは山々だけど、……これ、どうすれば？」

＊

その日、ママレード書店が始まって以来初めて、アトリエに馨と美紅と賢人とが集まり、額をつき合わせて作業をした。

「ちょっ、せーまーいー！」

馨と肘のぶつかった美紅が天を仰いで言うと、彼はそっけなく返す。

「しょうがないだろう。本来こんな人数で使うことなんか想定にないんだから」

「まぁまぁふたりとも」

「おまえさっきからそれしか言ってないな」

「間に入ってくれてんの！　わかんないの⁉」

キレる美紅と、うんざりと返事をする馨との間で、賢人はお経のように再度くり返す。

「まぁまぁふたりとも……」

こうなったのは、もちろん祥子の遺品が原因だった。

百合子が託してきた深紅のショールの中からは、正恭から送られてきた数十通の手紙のみならず、それに倍する量の祥子の返書も一緒に出てきたのだ。

しかも返書の方は誰かによって――おそらくは祥子自身によって、びりびりに破られていた。

賢人が白昼夢で見た、山のような千切れた紙片の正体はそれだった。

持ち帰った大量の紙片を目にして、馨は自分が返書を修復すると言った。正恭のためにも、祥子の気持ちを組み立てて形にすると。そんな彼に、美紅が自分もやると申し出た。

とはいえこの返書をどうにかして正恭に渡すことは、賢人が百合子から受けた依頼である。

というわけで閉店後に三人で共同作業ということに相成ったわけだ。

祥子の返書は大量にある上、ひどく細かく破られているため復元するのは大変だった。唯一助かったのは、使用されているインクのわずかな特徴のちがいによって、馨が紙片を時期別に分けるのに成功したことである。

それでも同じ時期に何通も書かれていることもあり、パズルのような作業は予想通り困難を極める。

据え置き型のルーペの下で、ひたすら破れた縁の形の合うものがないかを探し続けるうち、まずは根気強さにはあまり恵まれてなさそうな美紅が音を上げた。

「無理！」

両目をこすりながら、彼女は情けない声を張り上げる。

「これダメだ全部同じに見える……！」

「無理につき合わなくてもいいですよ。今日はこのへんにしておいては――」

しかし賢人が言い終える前に、美紅は頑なに首を振る。

「無理なんかしてない。やりたくてやってるの！」

彼女の意志は不思議なほど強固だった。そしてそれには理由があるようだ。

「色々誤解してたこと、ちゃんと知ったよってお祖母様に言いたいけど……、もういないからさ」

　バラバラの紙片をにらみながらもそもそとつぶやいて、くちびるを可愛らしくとがらせる。

「だから最後に……あの人のためにできること、したい」

「では一緒にやりましょう」

　賢人は大きくうなずく。と、目が合った美紅との間で、言葉が途切れた——

　しかしその直後、マスキングテープを取るためにのばした馨の腕が美紅の頭に当たり、彼女は音を立てて立ち上がった。

「あぁぁ、もう、せまい！　アタシ向こうでやってくる！」

「ついでに何か飲み物」

　馨のリクエストに鬼の形相で返す。

「自分でやれば!?」

　……と、大層にぎやかに力を合わせつつ、返書の復元作業は一週間ほどかかって何とか形を見た。

　賢人はそれに前後して作業から抜け、遺品である手紙を正恭へ渡す際に使う箱を作り始めた。

バラバラになった祥子の手紙からは、会ったこともない彼女の気持ちがストレートに伝わってくる。したためたものの送るに送れず、それでも捨てるに捨てられず、せめてもの結果として彼の手紙と一緒にしまいこんでいたのだろう。

　だとしたら、それらを収めるのにもっともふさわしい形は何だろう？　考えた末、答えはすぐに出た。

（『夫婦箱《めおとばこ》』がいい）

　夫婦箱とは、本の形をした箱である。内側の箱に、背でつながったひとまわり大きな箱を被せるようにして使うもので、特装本などの保護箱としてよく見かける。

　ふたつの箱が重なり合ってひとつになる様は、互いを乞《こ》い求める手紙を保管するのにぴったりに思えた。

　そんな確信と共に、まずは芯材となるボール紙に、ボンドできれいな和紙を貼りつけつつ、内側の箱を作った。それに同じ和紙で内張りをしたあと、今度はやや大きめに外側の箱を作る。同じく芯材と和紙を使って大きな背を作り、ふたつの箱を包み込むようにつなぎ合わせれば完成である。

　説明するのは簡単だが、きれいに作るとなると、それなりに手間と時間がかかる。賢人がそれを仕上げたのは、馨と美紅が返書の修復を終えるのとほぼ同時だった。

その日、正恭は馨の指示通り、閉店後にママレード書店へやってきた。

まず賢人と美紅が百合子から聞いた話を伝えると、彼は知らされた事実を冷静に受け止める。

「大方そんなものではないかと想像しておりました。ですがそれが事実であったことが明らかになり、すっきりしました。皆様に何とお礼を申し上げればよいか……」

「実は百合子さんから託されたものがありまして」

賢人は今朝完成したばかりの箱を取り出して、彼の前に置く。

「これは……」

「手紙です」

祥子が最期まで大切に保管していたもの——正恭が祥子に宛《あ》てて送った何十通もの封書と、そして祥子がその一通一通に宛てて書いた複数の返事。

しかし返書は一通たりとも投函《とうかん》されることがなかった。そして書きはしたものの出せずにいた自分の手紙を、祥子は何かの拍子に、力まかせに破り捨てたのだろう。

その内容は、組み立てる際に賢人も目を通した。

彼女が正恭に伝えたいことは、そう多くなかったと思われる。書かれていることは、おおむね似たような内容だった。曰く、

約束を守れなくてごめんなさい。毎日あなたの夢ばかり見ます。昔の幸せな時の思い出であったり、失望したあなたに謝る場面であったり、あなたと再会するという願望であったり。私の心が変わったとは思わないでください。けれど私のことは忘れてください。もしできれば、それでも私の心が永遠にあなたのものだということだけは覚えていてください――

百合子は姉が口数が少ないと言ったが、それは文章には当てはまらないようだ。正恭に宛てた返書の中には、現実には口にできなかった言葉があふれていた。祥子は手紙の中にのみ、自分の真実を余すことなく記していたのだ。

送るあてのない手紙を何通も何通も書き続け、そして溜《た》まりに溜まったそれに気づいた時、彼女はどのような気持ちだったのだろう？

山のような便せんを、ここまで千々《ちぢ》に破った力の強さと執拗《しつよう》さが、誰が見てもわかるほど激情の度合いを物語っている。――正恭への激しい想いを。

のめり込むように復元された祥子の手紙をめくっていた正恭は、やがてそれを胸の中に深く抱きしめる。

「やっと答えを見つけました。……お心を、ずっと探しておりました。祥子様……っ」

低く押し殺した声が店内にかすれて漂《ただよ》う。記憶の中の想い人に再会した人間の慟哭《どうこく》が、見守る賢人達の耳と胸に深く響いた。

＊

数日後。例によってやや遅い時間、片づけをしている最中に美紅が訪ねてきた。

「昨日、百合子お祖母様から電話来たよ」

今夜は読者モデルをしている仲間達と、中華街《ちゅうかがい》で新年会なのだという。そのスタイルは、いつものきわどくも可愛らしい格好とは少しちがっていた。

オレンジ色の大きめのセーターに、プリント柄の入ったデニムレギンスとカウボーイブーツ。さらにテンガロンハットをかぶり、存在感のあるアクセサリーをつけている。ストレートの長い黒髪と雰囲気のあるメイクのおかげで、大人びた女性らしさが増していた。

そのせいか、どうにもまっすぐその姿を見ることができず、賢人は台車の上にあるダンボール箱に返品する本を詰めるふりで、さりげなく視線を外す。

「どんな用件でした？」

「小北さんから連絡が来て、久しぶりに話し込んだって」

「それはよかったですね」

「賢人のことも話してたよ」

コツ、コツ、とヒールの音をさせつつ彼女はこちらに近づいてきた。

「『カッコいい人を見つけた。よくやった』って。かなり気に入ってたみたい」

「え……？」

意外なコメントに、ぽかんと返す。

あの百合子に自分がカッコいいと言われるなど予想外であるし、また彼女に受け入れられたらしいということにも驚いてしまった。

（初めて顔を合わせた時には、わりとよそよそしかったのにな……）

もちろん、うれしいことではある。

スペースの空いた棚にストッカーから出した本を入れていきながら、好奇心のままに口を開いた。

「百合子さんのご主人って、どんな人なんですか？」

「んー、広尾《ひろお》のアンドレって呼ばれてる」

「は？」

「性格的にはアンドレなんだけど、生まれと育ちがいいから」

「それってアンドレとは言わないような……」

「おしどり夫婦だよ」

美紅はくすくす笑った。

「そういえば――」

賢人はふとあることに気づき、数冊の本を手に、レジカウンターで昼寝する店主を振り返る。

「ミカンにはカノジョっているの？」

「ヌ？」

同じ種（？）の生き物がどのくらいの数いるのかはわからないが、獏《ばく》（たぶん）にもロマンスはあるのだろうか？

ふと思いついた疑問を口にした賢人に、美紅が大きな声でツッコミを入れてくる。

「や、待って。訊く相手まちがってない⁉」

「だって美紅ちゃんは普通にいそうだし」

「いないよ！」

「じゃあ僕と一緒だ」

降って湧いた仲間意識と共に笑いかけると、彼女は気疲れしたように投げやりに返してきた。

「一緒にしないでくださいー。引く手あまたですー」

「……ですよね」

しかし交際するにあたり、百合子による審査を経なければならないのであれば、なかなか大変そうだ。そんなことを考えていると、ふいに美紅のスマホが鳴った。

美紅はすばやく液晶で指をスライドさせる。

「もしもーし。……え、もう集まった？　……いるいる！　今近くにいるの。そっちに向かってるとこ！」

調子良く言いながら荷物を手に取り、彼女は通話を切った。

「ヒマつぶし終了ー。じゃあね」

「新年会、楽しんできてくださいね」

「うん」

ドアベルを鳴らしてガラス張りの戸を開けた美紅は、そこでふと足を止め、半身だけ振り返る。

「……美紅ちゃん？」

「賢人はカッコいいよ。馨なんかより、ずっとずっとカッコいいよ」

と。

言うだけ言うと、彼女はにっこりとほほ笑む。そして今度こそ去っていった。カウボーイブーツの律動的なヒール音が少しずつ遠ざかっていく。

「――――え……」

すっかり静まりかえった店内に、置いてけぼりになった賢人の声がさみしく漂う。

返品本の詰まった箱をのせた台車の取っ手を持ったまま、ぼんやりと立ち尽くす賢人の背中で、その時。

ミカンがしごく幸せそうに鳴いた。

「ヌフ」

※この作品はフィクションです。実在の人物・団体・事件などにはいっさい関係ありません。

集英社オレンジ文庫をお買い上げいただき、ありがとうございます。
ご意見・ご感想をお待ちしております。

● あて先
〒101-8050　東京都千代田区一ツ橋2-5-10
集英社オレンジ文庫編集部 気付
ひずき優先生

集英社
オレンジ文庫

書店男子と猫店主の平穏なる余暇

2016年1月25日　第1刷発行
2022年3月13日　第2刷発行

著　者　ひずき優
発行者　北畠輝幸
発行所　株式会社集英社
〒101-8050東京都千代田区一ツ橋2-5-10
電話【編集部】03-3230-6352
【読者係】03-3230-6080
【販売部】03-3230-6393（書店専用）
印刷所　図書印刷株式会社

ISBN 978-4-08-680057-0 C0193

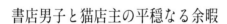